Miss SMART

Miss SMART

Manou Fuentes

ISBN : 978-2-37011-165-4
Editions Hélène Jacob – 13 Impasse Victor Gesta – 31200 Toulouse
Imprimé par Create Space – États-Unis
14,90 €
Dépôt Légal Juillet 2014

Design couverture : Jérémy Calli

À Juliette, Valentine, Andrew, Baptiste

Chapitre 1

Trois ans, que je suis dans la même boîte. Trois ans, vous vous rendez compte !

Non, vous pouvez pas vous rendre compte.

Pour savoir ce qu'il en est, il faut que je vous l'explique.

Le jour de mon embauche dans cette entreprise, c'est ma future chef qui m'a reçue dans son bureau. Un bureau genre administratif, froid et sympathique comme un hall de gendarmerie. C'est la secrétaire qui a tapé et ouvert la porte pour me faire entrer. Elle a refermé derrière moi et s'est éclipsée, sans rien dire, me laissant seule avec la chef qui, bien que prévenue par téléphone de mon arrivée, n'a pas bougé un cil. Histoire, sans doute, de me mettre à l'aise…

Elle avait des doigts gras, boudinés et des ongles pas nets. Des cheveux graisseux avec une raie tordue d'où partaient des mèches grises sur un centimètre et rouge brun ensuite. Son corps hyper-dodu débordait du fauteuil dans lequel elle était avachie. Ses fringues, elle avait dû les acheter d'occase ou les porter depuis plusieurs jours, tant elles étaient luisantes… Pour parler franchement, elle était tellement moche et faisait si peu chaud au cœur, la chef, que j'avais envie de prendre mes jambes à mon cou. Foutre le camp. Claquer la porte. Lui dire merde… Vous êtes trop moche. Vous avez l'air trop con. Je me casse.

Or, je n'ai pas bougé. Je suis restée là, plantée, comme une andouille, à attendre qu'elle veuille bien s'intéresser à mon cas. C'était drôlement lourd, l'atmosphère. Des tonnes, ça pesait. Sous le poids de cette chape, rien n'est sorti de ma bouche, pas même une toux discrète pour signaler ma présence. Au bout de longues minutes qui m'ont paru des plombes, ma délicieuse chef a fini par me tendre le contrat avec un stylo, comme ça, toujours sans me reluquer ni dire un mot. Du coup, j'ai oublié de dire merci et je me suis contentée de lire. En diago, bien sûr ; le langage administratif, c'est pas mon truc. J'y comprends rien. Et, quand, par hasard, un contrat se présente sous mes yeux – ce qui est hyper rare heureusement –, je lis vaguement et je signe, en espérant à chaque fois que je vais pas me faire entourlouper par quelque alinéa de merde. Ça m'est arrivé une fois pour une assurance, alors…

Cette fois-ci, même topo. Une vingtaine de pages, peu engageantes, avec plein de lignes minuscules numérotées en bas de page. À la fin, accroché avec un trombone, il y avait un truc supplémentaire, intitulé *addendum*. Le bla-bla était long, touffu… J'avais la flemme de lire toute cette paperasse. La seule chose que je voulais, c'était qu'on me file le boulot ! Je voulais en finir, débarrasser le plancher, prendre l'air… Avec sa tronche pas possible et son silence à couper au couteau, la bonne femme avait fini par me flanquer les foies… Je crois que j'aurais tout donné, à la seconde, pour être ailleurs. Une voix hyper faiblarde me soufflait : *« Tu es folle ou quoi ? C'est quoi, cette boîte ? Faut poser des questions, te rancarder ! T'as en main un contrat que t'as même pas lu, tu vois que l'entreprise est détestable et la chef odieuse ! Et tu vas signer ce machin ? »*

Oui, je suis folle, timbrée, déjantée ! Tout le monde le dit. C'est mon caractère. Ça vous est jamais arrivé, à vous, d'accepter un truc merdique sans moufter ? Eh bien moi, oui, des tas de fois. Et puis, la grosse, c'était plus fort que moi, je pouvais pas la piffer. Ça me tétanise, ce genre de nana, je perds mes moyens… C'est comme pour les exams. Limite, à chaque fois, j'ai failli mettre les voiles. Alors, oui, je l'ai signé ; et j'ai même paraphé chaque page de son torchon. Je manquais d'air. Il fallait que ça s'arrête. Y avait urgence.

Une fois sortie de son bureau craignos, j'ai repris ma respiration et mes esprits. Appuyée au mur de l'étage, loin du secrétariat, j'ai tout pigé. J'avais signé n'importe quoi sans avoir décodé une seule ligne. Une bourde débile de plus, faite les yeux fermés. Pourquoi elle m'avait paralysée, cette grosse daube ? Je vous le demande. C'était pourtant simple de poser les questions qui viennent à l'esprit de tout le monde. S'agit-il d'un CDD, d'un CDI ? Quelle est la durée du contrat ? Quand arrive-t-il à échéance ? Eh bien non, ce jour-là, j'ai rien dit. La seule présence de cette enflure a malaxé mon ciboulot en un tas de gélatine. À croire que ses sales pattes avaient transformé ma cervelle en tambouille. Ça m'énerve d'être comme ça. C'est un gros défaut. Souvent ça m'arrive. Je réagis avec un temps de retard. À contretemps, quoi. Parfois, j'arrive à rattraper le truc. Parfois, pas. Dans ces cas-là, non seulement je suis emmerdée, mais je culpabilise. Je m'en veux et je broie du noir.

Bon. Ce jour-là – allez savoir pourquoi –, alors que je suis en train de me tirer, vite fait, de l'entreprise, l'hôtesse d'accueil me balance – juste à moi, il n'y a personne d'autre dans le hall d'entrée – un grand sourire.

— Bonne journée, elle dit.

— Bonne journée, je réponds, surprise…

Elle est fondante, cette hôtesse, jolie, bienveillante, bien coiffée… Tout le contraire de l'autre thon. Je prends mon courage à deux mains et m'approche d'elle.

— Je viens d'être embauchée.

— Ah bon, félicitations !

Encouragée par son sourire, je lui dis :

— Mais je comprends rien au contrat.

— Ah, ça m'étonne pas, moi par contre, c'est mon job, les contrats.

— Ah bon ? Et pourquoi vous êtes à l'accueil, alors ?

— Il n'y a pas de poste correspondant à mes compétences, dans cette boîte. Vous voulez que je jette un œil sur le vôtre ?

Je sors le contrat de mon sac.

— Voyons, elle dit.

Elle met ses lunettes et parcourt le document. Sagement, j'attends son diagnostic. Elle en connaît vraiment un bout, l'hôtesse. Après avoir tout étudié, elle me met au parfum :

— Voilà, pour faire bref, vous êtes engagée pour remplacer un salarié en longue maladie. Comme on ne connaît pas la durée de son absence, vous pourrez être amenée, si la maladie dure, à signer des contrats successifs. Ce sont des CDD. Par contre, au retour du salarié, vous dégagerez sans espoir de récupérer la moindre prime de précarité.

— Ah bon ? Et pourquoi ?

— C'est *un contrat d'usage* et, dans ce cas, il n'y a pas de prime. C'est la loi.

— Est-ce que j'aurai droit au chômage, au moins ?

— En fin de contrat, on vous remettra une attestation pour faire valoir vos droits…

Bon. Elle est drôlement bien, cette fille. Avec elle, j'ai tout compris. Elle est tellement aimable qu'elle me propose de me faire visiter les locaux. Impossible de refuser. Elle range ses lunettes, s'empare d'une pancarte double-face qu'elle fait pivoter en un tour de main. Elle s'emmerde pas, la nana. Au recto, on peut lire son nom – Edmonde Dentret, elle s'appelle. Au verso de la pancarte, celui qu'elle affiche en son absence, y a écrit : « je suis en visite, je reviens dans dix minutes ».

— On y va ? elle dit.

— OK. On a le droit ?

— Mais oui, et si on l'a pas, on le prend.

Moi, ça m'en bouche toujours un coin, les gens culottés. Et du culot, Edmonde n'en manque pas. Grâce à elle – j'en ai pas vu d'autres de cette trempe dans l'entreprise, elle a d'ailleurs été licenciée peu de temps après –, je prends connaissance des lieux. Elle explique très bien la topographie et l'empilement des étages de responsabilité. Je découvre les longs couloirs, les sept étages avec les portes numérotées. En fait, il y a huit étages en tout, si on compte le sous-sol. Comme son nom l'indique, cette standardiste prend la peine de vous apporter son aide. Et elle se montre douée pour vous faire saisir l'ambiance.

— Comprenez bien qu'à partir du moment où vous êtes embauchée, vous devez connaître la philosophie de l'entreprise, son état d'esprit. Plus une personne est importante dans la hiérarchie, plus l'étage dans lequel elle est logée est élevé. Moi, ça m'énerve, mais quand vous savez ça, vous savez tout.

Bon. Moi, j'ai tout compris. Enfin l'atmosphère. Son laïus éclaire parfaitement la situation et a le mérite d'être franc. Ici, on sait d'emblée qu'on ne mélange jamais torchons et serviettes, et que les derniers ne seront jamais les premiers.

Après avoir éclairé ma lanterne, Edmonde continue à me faire visiter les lieux. D'abord le sous-sol. Pas de fenêtre et une chaleur d'enfer. Sauf l'hiver, où il fait un froid de gueux – dixit Edmonde. Les portes s'ouvrent et se ferment, laissant passer des courants d'air d'un autre monde ! Les pauvres magasiniers, ils sont pas gâtés. Le premier jour, j'ai bien senti que c'était dur. Il y a des jeunes, des vieux, des blancs, des jaunes. Pas de verts. Enfin, presque toutes les couleurs. Ils trimbalent des machins hyper lourds. Sur des étagères hyper hautes. Pour moi, ça serait pas possible. D'abord, je suis flemmarde. Trimbaler des trucs super lourds, c'est pas mon truc. En plus, je suis douillette. Je crains le chaud. J'aime pas le froid. Et encore moins les courants d'air.

Ensuite, vient l'étage 1 où vaquent les petites mains qui emballent les produits. Car cette boîte – c'est important que vous le sachiez – emmagasine et stocke, avant distribution, un tas de produits d'entretien, de nettoyage et de décapage. Des peintures, des dissolvants, des produits de droguerie. Bref, des trucs dont les émanations multiples vous tournent rapidement la tête. TRONET, ça s'appelle, cette entreprise. Moi, à peine entrée dans le local, j'ai failli tourner de l'œil. À cet étage, c'est quand même beaucoup mieux qu'au sous-sol. D'accord, c'est une fourmilière bruyante et, pour les poumons, ça doit pas être top. Mais au moins, les gens ne sont pas exposés aux rigueurs du climat.

Au deuxième, c'est l'étage où – depuis mon embauche – je suis. C'est là où sont logées les secrétaires. Pas les secrétaires de Direction, bien sûr. Non, les simples secrétaires qui se tapent le boulot administratif d'enregistrement des entrées et sorties de produits. C'est pas marrant comme boulot, mais il y a pire et j'ai appris à me contenter de ce que m'offre la vie. Je n'ai pas à me plaindre. C'est là qu'Edmonde m'abandonne :

— Bon, je retourne à mon poste, bonne chance ! elle dit.

— À bientôt ! je réponds.

Je ne l'ai jamais revue.

Chapitre 2

En majorité, à l'étage 2, ce sont des femmes. Il y a deux hommes mais nous, les femmes, on peut pas les piffer, car ils se la jouent mâles séducteurs. Ils la ramènent, on se demande bien pourquoi. Ils sont moches, sales et gras. Malgré leur démarche de Rambo, nous les filles, on voit bien que ce sont de gros nuls.

S'il y avait pas cette mentalité de merde, dans l'ensemble, je n'ai pas à me plaindre. Les filles du 2 sont sympas. On a appris à se serrer les coudes. Faut dire qu'on nous a tassées dans un open space. C'est mieux que de dire « espace ouvert ». Espace ouvert, comme c'est français, c'est pas classe. Ça fait plouc. Finalement, on est bien contentes, dans cet open space. Comme c'est open, on peut se dire des trucs par-dessus les tables. Et donc, on se refile des tuyaux. Toutes sortes de tuyaux. Pas forcément pour le boulot, vous pensez bien. Mais, par chance, on est soudées. Personne cafte. Même pas les mecs, à qui on en fait voir des vertes et des pas mûres.

Comme la chef est toujours débordée, on l'a rarement sur le poil. Mais quand elle se pointe, notre chef, c'est le branle-bas de combat. La fille qui est près de la porte dans un coin sert de vigie. Aimée Leguet, elle s'appelle. On l'a choisie tout exprès, Aimée. Car elle est super douée pour rester à l'affût. Elle a un œil de lynx et une oreille hyper-entendante. Il se trouve que, par chance, son bureau est placé pile-poil dans l'enfilade du couloir. Bien que l'autre ait pris l'habitude de s'approcher avec des pas feutrés de panthère rose, Aimée la sent toujours arriver de loin… Elle émet alors un sifflement soft qui n'en est pas un. Je ne sais pas comment elle se débrouille. Mais tout le monde entend, y compris les mecs qui, dans ce cas de figure, savent se tenir à carreau. Jamais on ne l'a prise en défaut, notre Aimée. Bref, après le sifflement, le silence se fait. La chef qui, elle – on ne sait pourquoi –, n'entend rien, peut entrer.

La plupart du temps, elle se pointe pas directement, la chef. Elle nous joint par téléphone. Normal, vous me direz. Oui, mais ses appels continuels sont désagréables. Ça me casse les oreilles, le téléphone. Surtout au bureau. Ça me met les nerfs à vif. À force d'avoir les oreilles vrillées par les aigus, j'ai fini par mettre la sonnerie en sourdine. Non seulement j'ai réglé le truc au minimum, mais en plus, j'ai mis un genre de molleton dessous. Du coup, mon téléphone grésille faiblement et j'entends juste ce qu'il faut.

J'ai quand même une sécurité visuelle. Je suis pas folle. Comme le téléphone est muni d'un écran digital et que je reste le plus clair de mon temps le cul vissé à la chaise, j'ai tout le loisir de voir le nom de la personne qui m'appelle. Le nom de l'appelant clignote en rouge vif. Je risque donc pas d'en rater un. Ce qui est essentiel pour ma survie. Je tiens à ma place dans cette boîte.

Figurez-vous qu'il y a six mois environ, la Direction s'est mis en tête de changer les téléphones de tous les bureaux. Raison invoquée : améliorer les performances de l'existant. Tu parles d'un progrès ! Depuis, c'est le vrai foutoir. D'abord, on a eu une réunion d'information pour nous annoncer ce changement.

Comme toujours, les cadres de l'entreprise s'en sont donné à cœur joie dans le genre langue de bois imbitable : « *Nous allons procéder à la configuration de notre réseau téléphonique dans le cadre de la finalisation d'un processus global de restructuration et d'élaboration d'outils système, résultat de la capitalisation des données issues de tous les retours d'expérience afin de nous diriger vers les orientations idoines.* »

Vous comprenez quelque chose, vous ? Moi, oui. Depuis le temps, je me suis habituée. Tout ce charabia, c'était pour nous dire qu'il fallait changer les anciens téléphones ! Ce type d'infos absconses données aux salariés, ça fait partie de la communication descendante au sein d'une entreprise. C'est quelque chose de tout à fait normal, aujourd'hui. La direction informe ses salariés. Ce qui l'est moins, c'est que chez nous, d'abord, c'est toujours confus et en plus, il n'y a aucune communication en sens inverse, c'est-à-dire qu'il n'y a aucune communication ascendante. Les salariés n'ont donc qu'à se la boucler. Ce qui n'est pas normal.

Je sais pas si dans votre entreprise, c'est pareil. Moi, j'ai remarqué une chose. La langue de boîte présente la particularité d'utiliser les mots français pour ne rien dire ou pour dire des conneries qui semblent ne pas en être, car elles sont dites avec une élégance ampoulée qui les fait passer pour des affirmations pertinentes. Et ça, à chaque coup, ça m'horripile.

Bref, donc, après avoir reçu le nouveau téléphone, je me suis dit que j'allais le programmer. Vous parlez d'une amélioration ! Malgré mes efforts — et, sans me vanter, je ne suis pas trop naze pour les nouvelles technologies —, impossible de faire rentrer un nom de plus de quatre lettres dans ce foutu téléphone.

Ça m'embête surtout par rapport à ma chef. Pour rentrer son nom, à cette conne, ça a été la croix et la bannière. Elle a pourtant pas un nom compliqué, ma chef. Madame Capot, elle s'appelle. C'est pas la cata de s'appeler comme ça, mais c'est pas non plus le top. Moi, je trouve que c'est pas de bol d'avoir un nom pareil. Déjà, de prime abord, ça évoque un capot, une capote, donc pas un truc franchement poétique.

En plus, je sais pas vous, mais moi ça me fait un drôle d'effet. À chaque fois que quelqu'un dit « Madame Capot », j'entends Kapo… Avec un K majuscule qui me fait froid dans le dos. C'est plus fort que moi. Et ça me fait penser à des nanas pas tellement jojo. Je l'ai dit à personne que je pense ça. Même pas aux filles de l'étage, car je sais pas trop si elles comprendraient. Elles ont pas l'air d'être branchées sur l'histoire du XXe siècle.

Il a beau être moche, son nom, il faut que je l'enregistre. Car la Capot, elle a pratiquement droit de vie et de mort sur moi. Dans l'entreprise, bien sûr, pas en vrai. Je sais qu'elle a le pouvoir de me virer. Heureusement, un nom court comme Capot, ça doit être fastoche à rentrer.

Donc, une fois le téléphone en main, je le tourne, le retourne, j'appuie sur les trente boutons du clavier... Tout ce que j'arrive à faire, c'est de rentrer *MADA* ou *CAPO*. Pas plus de quatre lettres. Je me dis que je dois faire une fausse manœuvre. J'interpelle le technicien qui, par chance, passe par là.

— J'arrive à rien, je lui dis. Ça fait dix fois que j'essaie !

— C'est normal, on ne peut pas rentrer plus de quatre lettres. Quatre lettres, c'est le max.

— Bon, mais c'est quand même bizarre, à l'ère Google, d'avoir une mémoire si mini. Et ça sert à quoi d'avoir changé... ? Avant on pouvait rentrer tout le nom !

— C'est comme ça. Pour enregistrer un nom, vous devez l'abréger ou mettre un nombre à quatre chiffres.

— Ah, mais c'est ridicule !

— Oui, mais dans l'appel d'offres, ils sont allés au moins disant. Le devis a été ainsi diminué par quatre.

Je dis merci à cet aimable monsieur, qui lui au moins est sympa. Il m'a donné toutes les infos sans rechigner. On sent bien qu'il ne fait pas partie de la hiérarchie pyramidale de la boîte. C'est un prestataire occasionnel. C'est pour ça qu'il est compétent et courtois. Pas vilain, en plus... Pas franchement le style, au sein de notre entreprise.

Ce nouveau téléphone a failli me rendre dingo, vous imaginez. C'était bien la peine de nous faire tout ce bla-bla sur *les retours d'expérience qui allaient nous diriger vers les orientations idoines !*

Bon, pour raccourcir le nom de Madame, j'ai d'abord mis *Kapo*. Puis je l'ai effacé, par peur des représailles. Ensuite, j'ai essayé *Capo*. Ça rentrait, bien sûr, impeccable. Mais je me suis dit que ça clochait aussi. Pourquoi ? Eh bien, avec les années, j'ai appris qu'il valait mieux être poli. Sinon, on risque d'être emmerdé. J'ai donc fini par mettre *Chef*, ce qui a résolu illico mon problème.

La première fois que la chef est venue derrière moi inspecter les travaux d'installation du nouveau téléphone, elle a tout regardé et voulu voir de quelle façon je l'avais surnommée. Quand elle a vu apparaître sur l'écran de mon appareil l'appellation dont je l'avais affublée, elle était ravie, cette conne, et j'ai bien vu son sourire de satisfaction. Elle s'est même fendue, chose rare, d'un commentaire gentil, style : « Valérie, je suis très satisfaite de votre comportement au travail. ». Je m'appelle, en effet, Valérie. Valérie Bontemps. Un nom qui jusqu'à présent m'a porté chance.

Chapitre 3

Bon. Où j'en étais, déjà ? Avec cette histoire de téléphonie, j'ai failli perdre mon fil et vous, qui ne savez rien de moi, le vôtre. Un beau matin – si on peut employer cette expression peu appropriée –, je vaque à mes occupations administratives à l'étage 2 quand j'entends le téléphone sonner. *Dring, dring.*

Donc, comme je vous le disais, le son de mon dring-dring est étouffé, pour ne pas dire faiblard. Je jette un œil et qu'est-ce que je vois, écrit sur le cadran en lettres rouges clignotantes ? Le mot *Chef.* Merde, avec tout le boulot qui me reste ! Qu'est-ce qu'elle veut encore ? Bon, naturellement, comme il se doit, je décroche :

— À votre service, Madame Capot.

Je dis toujours ça, car ça fait sérieux. Quand j'ai fini la conversation, je termine par « au plaisir ». Vous allez dire que je suis lèche-bottes. Et vous aurez raison. Mais avec le temps, on apprend à composer. Certaines se sont fait virer pour comportement insolent avec la hiérarchie – cf. Edmonde. Comme j'ai un travail peinard et un salaire convenable, j'ai appris à me la boucler.

— Pouvez-vous venir dans mon bureau ?

— Bien sûr, Madame, j'arrive tout de suite.

Immédiatement, bien entendu, je me dirige vers le long couloir. Dans le grand hall, l'ascenseur, par miracle, est là. Il s'ouvre et j'appuie sur le 7, étage de la chef. L'ascenseur marche, c'est déjà ça. Quand il est en panne, ce qui lui arrive souvent, il faut crapahuter les étages dans un escalier sans fenêtres. Donc, là, tout va bien.

La secrétaire particulière de Kapo me regarde d'un drôle d'air… Elle a toujours un air supérieur, celle-là, quand elle me voit.

Heureusement, c'est rare. À chaque fois, c'est pour reconduire le contrat. Mais là, quelque chose cloche dans son regard. Elle s'appelle Durbech. Mademoiselle Durbech…

— Asseyez-vous, Madame Capot va vous recevoir, me dit Durbech.

Je m'assois sagement et j'attends la suite.

C'est bizarre quand même, cette convocation en milieu de journée… *Dring Dring.*

Ça, ça doit être Kapo qui sonne sa secrétaire, pardon, son assistante. Je sens que l'appel est pour moi, mais je bouge pas. Normal. Si, par hasard, c'est pour quelqu'un d'autre, je risque de me faire virer.

— Madame Capot vous attend, elle dit, la Durbech, sans bouger de sa chaise.

Je me lève aussitôt et me dirige vers le bureau de la chef. Sur la pancarte – enfin, sur l'étiquette –, il y a écrit « Madame Capot, bureau 711, Chef des commandes ». C'était pas écrit les autres fois. Je tape trois coups. C'est le chiffre obligatoire. Edmonde me l'a dit quand j'ai été embauchée il y a trois ans. Je tape les trois coups, comme dans *Au théâtre ce soir. Toc Toc et re Toc.* Kapo doit être bien lunée, car j'entends sa douce voix, dire :

— Entrez.

Donc, obéissante à souhait, j'ouvre la porte et j'entre.

Madame Capot, comme à son habitude est assise derrière son bureau et garde la tête plongée dans ses dossiers, histoire de montrer qu'elle travaille – et aussi manière de vous faire poireauter.

Naturellement, une fois entrée, je ne m'approche pas du siège des visiteurs. Deux sièges, moins confortables que le sien, font face à son bureau. Jamais je n'ai eu le loisir d'y poser les fesses.

Et là, surprise ! Kapo prend un ton doucereux que je ne lui connais pas. De surcroît, elle m'invite à m'asseoir.

— Je vous en prie, asseyez-vous.

Je n'en crois pas mes oreilles. Qu'est-ce qui lui prend, à cette vieille peau ? C'est drôle, mais je sens qu'il y a anguille… Je me pose sur le siège indiqué sans mot dire.

— Mademoiselle Bontemps. Je suis chargée d'une mission, qui, croyez-le bien, ne m'enchante guère. Je sais que vous avez les compétences requises pour exercer diligemment votre travail et que vous nous avez donné toute satisfaction depuis, voyons votre dossier, oui c'est bien ça, depuis trois années pleines que vous êtes au sein de notre maison. Cependant, malgré toute la considération et l'estime que je vous porte, je me vois dans l'obligation de vous annoncer une mauvaise nouvelle dont je me passerais tout à fait. Bien que j'occupe un poste d'importance à cet étage, je ne suis qu'un pion sur l'échiquier décisionnel et…

C'est drôle aujourd'hui, Kapo, avec sa façon de tourner autour du pot, de mettre des gants et de la jouer panthère rose verbale, elle qui parle toujours bref, elle me devient presque humaine. D'abord, elle avoue son infériorité dans l'échelle du commandement, ensuite, elle doit avoir pitié, ou quelque chose dans le genre, sentiment dont je la croyais incapable. Finalement, je me dis que derrière son masque sévère, il y a peut-être un cœur souffrant.

Vous m'objecterez que ce n'est pas le moment de me mettre à sa place. Mais je suis comme ça. Il faut toujours que je lise la face cachée d'autrui. Quand elle se manifeste, évidemment, ce qui est précisément le cas. Jusqu'à présent, je n'avais pas repéré de faille dans son armure. Un vrai scaphandre, la dame, une momie dont pas une seule bandelette n'était encore abîmée. Et là, d'un coup, je sens sa faiblesse…

Au moment où j'en arrive presque à la plaindre de l'annonce ingrate qu'elle doit me faire, la voilà qui reprend son laïus sans me laisser le temps de l'introspecter davantage.

— Bref, dit-elle dans un souffle, vous l'aurez compris. Le salarié que vous remplaciez est en mesure de reprendre son poste. Cette guérison n'était guère prévisible. Votre contrat arrive donc à échéance…

Pas étonnant qu'elle tourne autour du pot avec ses airs mielleux, cette connasse.

— Étant donné l'excellent travail que vous avez fourni, j'ai tenté de vous recaser sur un autre poste. On m'a fait comprendre en haut lieu de ne pas insister, au risque de perdre moi-même ma place. Alors, il est vrai, je n'ai pas poussé mon argumentaire plus avant.

Elle ajoute, pour faire bonne mesure :

— Mademoiselle Bontemps, vous me voyez désolée. Étant donné les conditions particulières de ce départ, je ne vois pas la nécessité de nous revoir. Je vous dis donc au revoir et bonne chance.

Bon… Vous ne me croirez pas, mais, depuis ce midi, je suis au chômage. Il me restait des jours rémunérés à prendre. Mais lâchement, je me suis enfuie, les larmes aux yeux et le cœur gros. Au 2, j'ai récupéré mon sac et mes affaires sans rien dire. Impossible de sortir un mot. Mais j'ai vu, au travers du trouble de mes pleurs, qu'ils avaient tous compris.

Voilà. Vous savez tout.

J'avais un boulot tranquille dans une boîte où je me cassais pas le bol.

Un revenu suffisant pour boucler les fins de mois.

Pas de mari. Pas d'enfants. Quelques aventures ci et là.

Bref, une vie pépère que beaucoup de copines m'enviaient.

Vous allez objecter que j'aurais dû m'y attendre. Mon boulot n'étant depuis le départ qu'une sorte d'intérim. N'empêche. Avec les années et le ronronnement du quotidien, j'avais oublié que j'étais en sursis et que le couperet était juste au-dessus de ma tête – Kapo elle-même m'ayant, un jour de grâce, laissé entendre que le salarié en question était moribond. Vous allez me dire aussi que ce n'est pas joli-joli de baser son avenir sur le malheur d'autrui. Vous aurez raison. Eh bien moi, je suis égoïste. Ce monsieur, je ne l'avais jamais vu, et ça m'arrangeait qu'il soit à l'agonie. Oui. C'est laid. C'est très laid. Malgré l'horreur de mes basses pensées, vous voulez savoir quelque chose ? Je ne me sens aucunement coupable. J'étais dans mon petit confort, mon paisible quotidien. Tout allait sur des roulettes. Respect des horaires. Respect du règlement. Respect des supérieurs. Faut dire aussi que je suis pas du genre à faire des vagues. Quand un orage gronde, j'ai même plutôt tendance à me tasser. J'aime pas la bagarre.

Et tout d'un coup, pour moi, la tuile ! Quand je dis tuile, c'est un mot léger. Avec les illusions que j'entretenais, c'est, finalement, le ciel tout entier qui m'est tombé sur la tête. Avec, en prime, le soleil, la lune et tout le bazar, y compris la Grande Ourse et la Petite, qui, comme chacun sait, sont respectivement appelées la grande et la petite casserole. D'habitude, les casseroles, on se les traîne. Moi, non. Comme je suis bénie des dieux, elles ont choisi de me tomber directement sur la tête. Et croyez-moi, ça fait très mal. Je me sens lourdée, même si, de par la nature de mon CDD, il était évident que tout ceci vise un jour mon crâne. Bien que cela soit dans l'ordre des choses, j'en fais un drame.

Le soir de mon licenciement, j'erre comme une âme en peine sur les quais. Je fais les comptes dans ma tête. Dans un mois, je serai à court d'argent… Et dans une merde noire. Impossible de garder mon appartement. Un studio pas trop cher qu'à force de coups de peintures et de rideaux tendance, j'ai réussi à rendre cosy. Sur le balcon, j'ai planté des fleurs, un plant de tomates et quelques herbes aromatiques pour agrémenter ma cuisine. Aujourd'hui, c'est terminé… Finis les repas entre copines. L'odeur de blanquette. Le pichet de rosé qui tourne la tête. Les rires pour rien.

Dans un mois, c'est la fin du bail et le délai de préavis. Dans un mois, tout sera fini. Je serai foutue, dehors, sans domicile fixe, sans abri.

Bon. Restons calme. Il doit y avoir des moyens de limiter la casse. J'ai un mois pour étudier la question, récupérer quelques sous du chômage… Chercher un travail à Pôle Emploi. Demain, demain je m'y mettrai. Ce soir, il est trop tard, l'angoisse me tord le ventre, mon avenir est bouché… Je suis fichue.

Rentrée chez moi, je me verse une rasade de Chartreuse et j'écoute un disque… La musique a toujours eu le pouvoir de me calmer les nerfs et de m'apporter la paix. Aujourd'hui, l'heure est grave. La perspective de me renseigner sur mes droits, d'aller aux Assedic, à Pôle Emploi… ou de me retrouver sous les ponts me terrifie. J'éteins l'appareil. Le silence est dur, froid, inhabituel. Mon esprit tourne à cent à l'heure sans trouver la moindre issue. Où aller ? Vers qui me tourner ? Pas moyen de trouver de l'aide chez les amies. Leur situation est plus précaire que la mienne. Je n'ai pas de famille. Élevée par ma mère célibataire, aujourd'hui vieillissante et avec pour seul moyen de subsistance une petite pension, il ne m'est pas possible d'appeler quiconque à l'aide. Que faire ? La nuit, longue, agitée, n'apporte aucune solution à mon problème. Une nuit blanche pour rien.

Chapitre 4

Le lendemain, je me réveille accablée. Même la douche froide ne chasse pas mes idées noires. Sur Internet – j'ai un petit portable et le WiFi –, je cherche via Google la marche à suivre pour m'inscrire au chômage, trouver un emploi... une issue. Impossible de lire et de comprendre les millions de lignes qui s'offrent à ma vue brouillée. C'est trop compliqué. Trop touffu. Trop mélangé. Les réponses, les blogs, les liens, les forums, les inscriptions, les formulaires. C'est le bordel. Je n'y arriverai jamais. Autant aller prendre l'air.

Une fois dans la rue, j'inspire fortement pour chasser l'oppression qui enserre ma poitrine, faire le vide en moi, ne plus penser... La manœuvre ne marche pas. Rien à faire. Les bras de l'angoisse m'étouffent. J'ai peur. L'avenir qui se profile est trop noir. Je ferme les yeux, titube un instant sur le trottoir... rouvre les yeux...

— Non mais ça va pas ? Espèce de connasse... Encore une poivrote pleine de vinasse !

Je dirige mon regard vers la voix furibarde. Et qu'est-ce que je vois ? Une bourge en Smart qui me hurle dessus. Me traite de tous les noms par la vitre passager qu'elle a ouverte à mon intention. La rage me bloque le souffle. Le son de ma bouche est coupé. Je ne réponds rien. Oh, la haine. Une méga haine. La Smart repart en trombe et éclabousse exprès mon jean.

Je fulmine de ne pouvoir lui rendre son insulte... La traiter de sombre conne, de pétasse, de cagole...

Sans le fouet cinglant des mots, je continue mon chemin, la fureur au ventre. Atteinte, blessée, anéantie. Combien de temps j'erre ainsi ?

Je ne sais pas. Je n'ai pas ma montre. Je n'ai pas regardé l'heure en partant.

Vu le quartier huppé dans lequel je me retrouve, je suis loin de chez moi. J'ai dû marcher plusieurs heures. Crevée, je m'affale sur un banc public. Il est dur et froid, mais je n'en peux plus. Il faut que je souffle. Je pose mon sac à mes côtés et observe les alentours. Que des rupins. Des riches. Des branchés. Des qui n'ont pas de problèmes de fric. Des qui ne connaissent pas madame Capot. Des qu'on n'a pas foutus dehors comme des chiens. Des vitrines de luxe. Des voitures avec chauffeur. Des dames en fourrure. Avec en laisse un petit chien. Un clébard nourri, lui, au foie gras. Envie de gerber.

Ma colère est en train de remonter à la vitesse grand V quand j'aperçois – je vous le donne en mille – quoi ? La pétasse brune avec sa connerie de Smart. Quand je dis pétasse, c'est pas le mot. Elle est chicos, la dame, genre Pippa Middleton. Je peux l'observer tranquillement, car elle a garé sa voiture pile-poil à côté de mon pauvre banc. Elle ouvre sa portière, la referme. Sa chevelure brune brillante tombe avec grâce sur ses épaules, comme dans les pubs de l'Oréal à la télé. Elle se dirige vers une boutique de fringues. Ses jambes sont longues et effilées. Je les vois entre les pans de son manteau tellement chic et long qu'il manque juste d'un poil ses pieds. Elle est pressée, la dame. Elle court, cette abrutie, avec au bout du bras un sac en papier à la marque du magasin où elle va. Sans doute un échange de vêtements, je me dis.

Mue par une impulsion sortie du fond de mon être, je tire mon sac, cours vers la voiture garée, ouvre la portière, m'enfonce tête baissée dans l'habitacle. Les clés sont sur le contact. Je démarre en trombe. Un coup d'œil dans le rétro. La dame ne court pas derrière moi en hurlant. Elle se rendra compte du vol dans quelques minutes.

Qu'est-ce qui m'a pris, Bon Dieu ? Je viens de voler une voiture. C'est la première fois que je dérobe un truc. Et quel truc ! Une automobile de luxe, intérieur cuir qui sent le pognon à plein nez. Le tableau de bord est un mélange subtil d'acajou, de chrome et de cuir.

Une vraie merveille. Un coup d'œil sur le siège de droite me fait repérer un sac. Le sac à main de la dame. Merde, en plus, je lui ai chouré son sac. J'ai fait d'une pierre deux coups. Je suis dingue ou quoi ? Que faire de ce coup de folie, de cette bagnole et de ce sac ?

Bon, sur la droite, juste là, il y a des places. Je vais arrêter ma grosse lubie, faire un créneau, garer la voiture et me casser. D'accord, elles sont payantes, les places. Pas un gros problème pour le sosie de Middleton. Elle paiera le stationnement, même si ça dépasse. Trop contente de récupérer sa tire et ses papiers après sa méga-frayeur. Merde, le temps que je réfléchisse à la tronche que va faire Pippa, il n'y a plus de places sur le côté. En plus, un con me colle au cul et me klaxonne. Je suis obligée d'avancer. Je vais pas, en prime, sortir et engueuler le mec qui me houspille. Plus discrète que moi, tu meurs. Pourtant, il me gonfle grave avec son klaxon. Tut, tut, tut. Il va s'arrêter ou quoi ?

Ah, ça y est. Il m'a lâché les baskets. Il a tourné. Ouf ! Bon, où j'en étais ? Avec tout ça, je m'aperçois que j'ai pris la direction de mon appart. Bizarre, non ? Je l'ai pas calculé, pourtant, ce trajet ! Ce n'était pas du tout mon intention ! Ça existe, alors, les pulsions inconscientes ? Eh bien oui. Faut croire. D'abord, je pique une bagnole sans savoir pourquoi. Puis, je retourne au bercail sans l'avoir décidé. Pincez-moi, je rêve ! J'y croyais pas quand une copine m'a parlé des tours que nous joue l'inconscient. Faut dire qu'elle est limite barge, ma copine. Entre les fumées d'encens, les bougies odorantes et son air inspiré, comme si elle était la fille à Gandhi, elle me gonfle. Elle lit dans le marc de café, dit bonjour au soleil le matin, consulte l'horoscope et aussi les astres. Elle dit : *« Il y a des forces obscures qui vous dirigent sans que vous le sachiez. »* *« Des conneries de psy ! »*, je lui réponds. *« Où tu as vu ça, à la télé ? »*

En fait, vu ce qui m'arrive, je me demande si c'est pas moi qui suis bouchée. En plus de tout, avec ces saloperies de pulsions, je me suis foutue dans la mouise grave. Pourtant, de toutes mes forces, je refuse ce genre de poussées venues d'on ne sait où. J'ai toujours dirigé ma vie. Pas terrible, d'accord, car j'ai eu pas mal d'emmerdes. Mais, j'ai jamais perdu le contrôle ! En plus, ça me fait peur, ces trucs. Je l'ai toujours dit à mes copines. On met le doigt là-dedans et on y passe le bras. Il me manque plus qu'un gourou et le tableau sera complet. Non. Trois fois non. Il est temps que je stoppe ma folle équipée avant que les voisins me découvrent au volant de cette tire hyper voyante. Voyons. Pas de panique. Il faut juste que je prenne une rue adjacente pour trouver une place. Zut. Elles sont toutes en sens interdit. J'ai beau écarquiller les yeux, aucune ne circule dans le bon sens. Je sens avec angoisse que je me rapproche de la maison. La prochaine place vide, c'est sûr, je vais la prendre, y abandonner la bagnole, les clés et le sac et me tirer. Et s'il n'y en a pas, je garerai la Smart en double file. Quelle importance, après tout ? Pippa se démerdera pour la récupérer à la fourrière.

L'embouteillage grossit. Ma voiture est à présent bloquée. Impossible de bouger. Ce répit forcé m'oblige à penser. Mon esprit tourne à cent à l'heure. Je revois tout en accéléré. La tronche de la mère Capot, ma nuit blanche, la balade sans but. J'entends Pippa crier :

— Encore une poivrote pleine de vinasse !

Je me vois courir vers la Smart comme une déjantée. Mais je vois aussi des clodos, des exclus du système à Capot, des gens qui dorment sous les portes-cochères près d'un vieux caddie du Casino, des gens qui se grattent à cause des poux, des qui mendient sans qu'on les regarde. Eux, c'est moi. C'est moi demain. Dans un mois, c'est moi. C'est mon avenir.

J'ai plus de courage. Je me vois, demain, aller pleurnicher dans les administrations de l'État. Je les vois d'ici, les agents, indifférents à ma douleur, bien au chaud, derrière leur hygiaphone. Qui va me trouver un boulot avec tout ce chômedu ! Pôle Emploi ? Manpower ? Adecco ? Tenez. Je me souviens d'un type extra. Ce mec était coiffeur. Je vous en parle, car des comme lui, ça n'existe plus. Vous savez ce qu'il a fait ? Je vous le donne en mille ! Et comme vous trouverez pas, je vous raconte. Voilà. Une nana avait fait six mois de prison pour un casse. Un employé avait été blessé par un type de la bande. Au bout de six mois, on lui rend ses quatre trucs et elle sort de taule. Seule. Devant la porte des Baumettes. C'était à Marseille. Elle marche sans savoir où elle va. Elle titube. Elle se sent crade. Allez savoir pourquoi, elle rentre chez un coiffeur. Après tout ce temps passé dans la misère, sans doute, elle voulait une autre tête. Elle s'assoit. Le coiffeur s'approche et lui dit : *« Vous désirez ? »* La voix du mec est douce. Elle lève la tête et voit les bons yeux du coiffeur posés sur sa détresse. Au lieu de dire « je veux un shampoing et une coupe », encouragée par ce regard, elle dit : *« Je veux du travail. »* Et le mec, pas gêné, lui dit : *« D'où venez-vous ? »* Elle répond : *« De prison... »* Lui : *« Ah... Et qu'est-ce que vous avez fait ?... »* Elle : *« J'ai braqué une banque avec des copains. J'ai pris six mois. »* Lui : *« Vous connaissez la coiffure ? »* Elle : *« Non, j'y connais rien. »* Eh bien, le bonhomme, il l'a engagée comme caissière dans le salon ! Elle ne lui a jamais pris un sou pendant dix ans.

Bon, retour au présent. Moi, avec le pot que j'ai, même si je rends la voiture et donc si je n'ai rien volé, jamais je n'aurai l'occase de rencontrer un mec pareil. Je sais que je vais poireauter dans des queues, remplir des paperasses, courir dans tous les sens pour rien, pour finir comme une clocharde à me gratter la peau jusqu'à l'os. Et ça, ça m'est insupportable.

L'hypothèse de dérober la Smart refait surface. Pourquoi abandonner la caisse de la somptueuse brune alors que je suis, moi, dans une merde noire ? Et si je me donnais quelque temps pour réfléchir ! N'est-il pas plus judicieux de garder la bagnole ? Je me suis tapé le plus dur. Ce qui reste à faire, à côté, c'est de la gnognote. Il me suffit d'aller planquer la tire dans mon garage. Car j'ai un garage. Pas pour longtemps, mais j'en ai un.

Quand j'ai loué mon studio, l'addendum – décidément ! – du contrat de location indiquait la présence d'un garage au sous-sol de mon immeuble. N'ayant pas de véhicule, j'y vais jamais, dans ce box.

Je me suis contentée d'y entreposer deux vieilles valises de vêtements usagés que je dois trimbaler au Secours Catholique. Bien sûr, j'ai toujours reporté ma louable intention.

Donc, mon garage est quasi vide. La porte de ce box est fermée par un cadenas à chiffres. Il me suffit de mettre le code et le tour est joué. Mais quel code déjà ? Ma date de naissance ? Le nom de ma chef ? Il faut que je trouve ce putain de numéro. Je me souviens de la tronche du droguiste qui m'a vendu l'engin : « *C'est du solide en acier véritable... Avant de le couper, bonjour... Il y a pour l'instant quatre zéros. Évidemment, vous avez intérêt à afficher un numéro plus complexe...* »

Bon sang. Qu'est-ce que j'ai bien pu inventer comme chiffres, ce jour-là ? Y a pas trente-six solutions. Soit j'ai mis 04 09, jour et mois de mon anniversaire, soit 22 07, celui de ma mère. Mais si c'est pas ça ? Oui, c'est sûrement l'un des deux. Ça me revient, tout d'un coup. Je me revois hésiter entre les deux. Je suis presque sûre que j'ai mis le mien.

Bon, maintenant que ma décision est prise, j'avance dans la file des voitures qui me conduit chez moi, avec plus de courage. J'ai toujours un pincement au cœur. Je sais que je ne serai tranquille qu'une fois la voiture planquée dans ce foutu garage. Là, elle pourra dormir à l'abri des regards et moi, j'aurai tout le temps de réfléchir à la conduite à tenir pour les prochains jours.

Me voilà pas loin de la rue où se trouve mon immeuble. Il faut que je fasse fissa.

Merde ! La grosse panique, d'un coup ! J'ai complètement zappé le grand portail d'entrée du garage. Celui par où toute voiture entre. Une paille ! Je la vois, cette porte, en plus. Un énorme portail en fer gris qui grince quand un voisin l'actionne. Comment j'ai pu oublier un détail pareil ? C'est pas la peine de me lancer dans cette aventure de ouf si ma tronche lambine ! D'accord, j'ai comme excuse de ne jamais entrer dans le garage par là, mais quand même ! Une bourde de ce gabarit peut me mener direct chez les flics ! Si je veux conserver la voiture sans risque de me retrouver en cabane, je dois monter chercher la carte magnétique dans mon appart. Point positif, je sais très bien où elle se trouve : dans le tiroir du bureau où j'ai rangé mon contrat de location. Elle est accrochée par un trombone à l'addendum.

Par une chance pas croyable, une place se libère sur le côté de la voie. Un mec sort de sa place juste devant moi. Ça, c'est un vrai coup de pot. Vite, avant de me faire piquer l'emplacement, je mets mon cligno et j'entame un créneau. Comme la voiture est hyper maniable et hyper petite, je me gare impeccable. Avant de sortir, je m'empare du sac en peau de la dame – crocodile, lézard, batracien ? – et je le fourre dans un sac de Franprix que je trimbale toujours dans mon sac à moi. Ça me sert pour mes courses. Inutile d'attirer les regards avec un accessoire trop voyant. Dans le plastique de Franprix, il sera invisible. Avec une prudence de Sioux, je jette un coup d'œil alentour. Rien à signaler. Personne de connu. Je verrouille la porte et marche d'un pas rapide sur le vaste trottoir vers ma piaule, pour récupérer la carte.

— Ça va, Mademoiselle Bontemps ?

La voix de l'homme me fait sursauter... C'est mon voisin du dessus, monsieur Dubost.

Zut, il faut que je la joue fine :

— Oui, ça va super. Justement, vous tombez bien. Je voulais vous demander... J'ai l'intention de m'acheter une petite auto d'occase... Qu'est-ce que vous me conseillez, comme marque ?

— Ah là là, c'est bien les femmes, pour poser des questions pareilles... Il y a les Citroën, les Twingo, les Clio, la Yaris... Vous avez Internet, je crois... Le mieux est d'aller sur un site de vente entre particuliers... Je vous donnerai l'adresse du site où j'ai commandé mon Scénic. Pas cher, bien entretenu, proprio sympa. En plus, une vraie bombe.

— Oh, merci du tuyau. Je vais faire comme ça ! Et pour le portail de l'entrée, comment on fait ? Je rentre jamais par là...

— C'est très simple. Au départ, on avait une carte à puce. Mais, au bout de deux ans, quelqu'un a défoncé la borne. Un type bourré, sûrement. Pas un mec de l'immeuble, en plus. Du coup, le syndic a tout changé. Vous avez pas reçu la modification ? Ils l'envoient à tout le monde, pourtant !

— Heu… Comme je n'ai pas de bagnole, j'ai pas dû la garder.

— Tous les proprios à l'unanimité – c'est rare – ont préféré une borne avec code, ils ont dit que ça se perd moins que la carte. Ce code change tous les six mois. Pensez à le garder, à l'avenir. Actuellement, c'est le 3467B pour plus d'un mois… Bon, c'est pas tout, mais il faut que j'y aille. Au revoir, Mademoiselle Bontemps… Vous me la montrerez, votre auto ?

— Bien sûr, je n'y manquerai pas. Merci pour les infos. À plus !

La chance est avec moi. Rencontrer le voisin a résolu par miracle mon problème. Grâce au numéro qu'il m'a donné, si aucun pépin ne vient me barrer la route, il ne me faudra que cinq minutes pour rejoindre ma planque.

Le voisin disparaît au loin et aucune autre tête connue ne se profile dans le coin. Il rend service à tout le monde, ce voisin. Je décide d'attendre quelques minutes en rab, non loin de la Smart qui n'a pas bougé. Si, par hasard, mon gentil voisin revient me donner une info, je serai dans de beaux draps. Bon. Vingt minutes se sont écoulées. La nuit tombe. Ce qui, finalement, m'arrange. Un dernier coup d'œil prudent alentour… Allons-y.

Vite. Je saute dans la Smart, mets mon cligno et me dirige, le cœur battant, vers la bouche d'entrée du garage. Sans descendre du véhicule, je tape 3467B sur le pilier juste à ma gauche. Le lourd portail se soulève dans un grincement de poulies mal graissées. Ça marche impec ! Pourvu qu'il se referme derrière moi ! Bingo… C'est ce qu'il fait, sans avoir besoin d'appuyer sur un autre clavier. Je repère au passage qu'une borne identique se trouve à l'intérieur pour sortir. Sans doute le code est-il le même. Détail à vérifier.

Le reste est un jeu d'enfant. Sans problème, après avoir débloqué le cadenas, je gare la Smart dans son box, referme derrière moi et retourne sur mes pas pour vérifier le code de sortie qui, naturellement, fonctionne. Le portail grinçant s'ouvre et se referme.

Ni vue, ni connue, je remonte dans mon appartement sans rencontrer âme qui vive.

Ouf ! Affalée sur mon divan, je me sers une rasade de Chartreuse et lance un CD. L'alcool et la musique apaisent les battements de mon cœur. Me voilà pour un mois à l'abri. Moi et la voiture. Le temps d'explorer le sac et de prendre une décision pour la suite. Ah, j'ai oublié de vous dire. Pour la date de naissance, c'était la mienne.

Chapitre 5

« A llô, Charlotte ? C'est Bérangère, je ne te dérange pas ?
— Pas du tout, chérie, j'attends Hubert pour le dîner.
Qu'est-ce qui t'arrive ? On s'est vues ce matin !

— Tu es seule ou il y a ton mari ?

— Je suis seule, pourquoi ?

— Charlotte, je suis embêtée comme jamais. Je vais t'ennuyer avec
une histoire incroyable... Je ne sais par où commencer.

— Tu es bien mystérieuse !

— Oui... J'ai besoin de ton avis, mais, comment te dire... C'est
difficile. Voilà. Il faut que tu me promettes de ne rien dire !

— Naturellement, je n'en soufflerai mot à personne, tu sais bien
que je suis une tombe...

— Oui, ma chérie, c'est bien pour cette raison que je t'appelle. Je
n'ai confiance en personne d'autre... Charlotte, tu es là ?...

— Eh bien oui, je n'ai pas bougé.

— Bon, si ton mari arrive, on change de sujet, tu es d'accord ?

— Oui, bien sûr, il n'y a aucun problème... Mais tu m'intrigues.
Tu n'es pas malade, au moins ?

— Non, ne t'inquiète pas. Ça n'est pas ça du tout. Il faut que je te
dise un secret de fou qui doit rester entre nous. Moi pareil, si Michel-
Marie arrive, je raccroche ou je parle d'autre chose. Il y a cinq
minutes, il était encore au bureau. J'espère avoir le temps de tout te
raconter d'ici là.

— ...

— Tu es toujours là ? Oui... ? Je ne sais par quel bout
commencer. Bon, j'y vais. Tu vois la petite boutique du Faubourg où

on a acheté nos chemisiers en soie sauvage ?

— Oui, bien sûr, chérie, je la vois…

— Eh bien, cet après-midi, je suis allée rapporter un pantalon qui ne plaît pas du tout à Michel-Marie.

— Oui…

— J'avais garé la Smart devant la vitrine. C'est interdit, mais j'en avais pour deux minutes… Et il n'y avait de place nulle part…

— Et alors ?

— Eh bien, quelqu'un m'a volé la voiture.

— On te l'a volée, presque sous tes yeux, la voiture ?

— Ben oui ! Je suis juste entrée en courant, restée deux minutes et ressortie…

— Elle est peut-être partie à la fourrière, ta Smart ?

— Impossible. J'avais laissé les clés dessus et mon sac sur le siège. Les policiers n'auraient pas fait ça. Tu le sais bien. Ils tournent autour du véhicule, dressent un procès-verbal, appellent la fourrière… En général, cela prend un temps fou. On me l'a piquée, je te dis. C'est un sacré pépin.

— Attends une minute, reste calme. Tu as fait une déclaration de vol ?

— Justement, non…

— Bon, eh bien, cela n'est pas du tout grave. Tu iras demain ! Tu avais des choses importantes dans le sac ? Le plus urgent, c'est de bloquer la carte de crédit. Le reste, ça peut attendre.

— Non, je ne l'ai pas bloquée… Je ne sais pas le faire.

— Eh bien, quand Michel-Marie revient, tu lui en parles et tu bloqueras, très facilement, la carte par téléphone.

— Je ne peux pas lui dire, justement…

— Pourquoi ? Tu n'as pas le choix, de toute façon… Il ne va pas faire des bonds de joie, mais il ne va pas, non plus, en faire une maladie. Tu le connais…

— Il y a autre chose, Charlotte.

— Ah…

— Dans le sac, il y avait aussi la clé USB de Michel-Marie que je devais déposer au coffre. Comme il y avait des embouteillages de folie dans la rue de la banque, j'ai préféré m'occuper d'abord de mon pantalon. Du coup, la clé USB…

— Qu'est-ce qu'il y a dans cette clé, tu le sais ?

— Des tas d'informations. Tout ce dont Michel-Marie ne veut pas garder de traces sur son ordinateur. Les codes de la banque, de la maison du Luberon, de Saint-Tropez, de Dinard… de son boulot… Je n'en sais rien, moi. Des renseignements confidentiels que personne ne doit connaître. Il y tient comme à la prunelle de ses yeux. Et moi, comme une idiote, je me suis fait voler le sac. Tu te rends compte ?

— Ben oui… Je vois. Et qu'as-tu l'intention de faire ? Le mieux est que tu lui avoues tout, non ?

— Ah non, cela n'est pas possible une seule seconde… Il va devenir fou…

— Eh bien, je pensais le contraire. Alors, je ne sais pas quoi te dire. Peut-être vont-ils la retrouver, ta Smart !

— La Smart, peut-être, mais pas le sac ! Car, pour couronner le tout, j'avais de l'argent dedans. Pas beaucoup, 10 000 euros, qu'il a gagnés aux courses et que je devais mettre aussi dans le coffre.

— Aux courses ? De chevaux, tu veux dire ?

— Oui, de chevaux. Il adore ça. Il gagne souvent, tu sais. Dans ces cas-là, il me donne les sous pour que je m'achète des vêtements ou alors il me demande de les mettre au coffre. Mince, j'entends qu'il arrive, je te laisse… Tu dis rien, promis ?

— OK. Rappelle-moi demain pour les news.

— Charlotte, si je suis trop angoissée, cette nuit, je t'envoie un texto.

— OK. À demain, ma chérie… »

Michel-Marie dépose son sac et son manteau dans le hall et entre dans l'appartement.

— Chérie, c'est moi. Excuse-moi. J'ai un peu tardé… Où est-elle ? Bérangère, tu es là ?

— Oui oui, j'arrive, je rangeais mon tiroir dans la chambre.

— Bon, je suis harassé et bien content de rentrer me poser auprès de ma petite femme. Tu veux bien me servir un fond de scotch ?

— Bien sûr, chéri, tout de suite. Veux-tu des glaçons ?

— Oui. Deux, s'il te plaît.

Bérangère n'en mène pas large. Elle est même aux cent coups. L'arrivée de son mari a quadruplé son angoisse. Depuis le vol de la voiture, elle ne tient plus en place. Cette histoire inouïe lui tord le ventre. Elle rumine sans trouver d'issue. Comment sortir de ce guêpier sans rien dire à Michel-Marie ? Quelle idée, aussi, de laisser les clés et le sac dans la voiture ! Quelle étourdie ! Bérangère se connaît. Jamais, elle ne sortira seule de cet imbroglio. L'idée même d'une déclaration à la police lui pose un problème insurmontable.

Paresseuse et capricieuse, Bérangère ne connaît ni les problèmes d'intendance ni les problèmes financiers. Enfant gâtée, née dans une famille riche, travailler pour vivre ne lui a jamais traversé l'esprit et la perspective de remplir un seul papier la hérisse prodigieusement. Fort heureusement, son mari et un personnel adéquat l'ont toujours débarrassée des problèmes qui encombrent l'existence pour rien.

Par une chance supplémentaire, la nature l'a dotée d'un physique éblouissant et d'un certain esprit de repartie. Munie de ce bagage tombé du ciel, elle a tracé son chemin comme une princesse de légende. Voyages, grands hôtels, pays lointains, lagons bleus… Elle parcourt le monde… Tout lui sourit. Vêtue de vêtements de bonne facture, de parfums et de fourrures prestigieux, elle court le Tout-Paris. Rien ne lui résiste. Les hommes lui font la cour, les cocktails résonnent de son rire cristallin… les femmes sont jalouses…

Lorsqu'elle a fait la connaissance de Michel-Marie, les choses se sont passées de la façon la plus délicieuse qui soit. Beau garçon né dans une famille aristocratique richissime, il a été pareillement gâté par la vie, dès le berceau. Habile en affaires, le jeune homme a su faire fructifier le portefeuille et les propriétés hérités de son père, avec une maestria qui a séduit Bérangère. Jusque-là, un conte de fées pour la belle. Un conte de fées pour eux deux. Jusqu'à cette maudite histoire de vol de bagnole.

Bérangère, songeuse, prépare le scotch de son mari dans un verre de cristal et entre dans le salon le rejoindre. L'appartement est un loft somptueux aménagé au dernier étage de l'hôtel particulier des de la Motte, communément appelé « le château » par la domesticité. Dessiné par un designer de renom que s'arrache la capitale, cet appartement est très luxueux. Les vastes pièces sont disposées sur plusieurs niveaux en une parfaite harmonie de verre et d'acier brossé. De vastes baies vitrées ouvrent sur le ciel enluminé de Paris. Quelques meubles anciens de prix donnent une touche de chaleur à l'ensemble.

Ce soir, Bérangère ne voit pas tout ça. Elle ne voit rien. Enfermée dans ses pensées morbides, elle ne voit que le dos innocent de son mari qui ne sait rien. Il s'est assis dans un profond canapé et feuillette un magazine, en attendant sa femme. Pour la première fois de sa vie, Bérangère a peur. Une peur inconnue qui lui noue la gorge et lui tord le ventre. De fines gouttes de sueur perlent sur son front qu'elle tamponne avec un Kleenex froissé caché dans sa main.

Pourtant sa décision est prise. Elle ne dira rien. Ne fera rien. Bérangère est, de toute façon, incapable de prendre la moindre décision d'importance. Alors, aujourd'hui, autant continuer... Autant faire l'autruche. L'avenir est bouché, il lui est impossible d'avancer et elle n'a aucune idée de la marche à suivre. Avouer sa faute maintenant est trop difficile, trop lourd de conséquences. Elle verra demain, demain...

— Alors, ce scotch, il vient ?

— Oui, oui... J'arrive.

Bérangère s'assoit aux côtés de son mari, lui tend le verre qu'il prend distraitement en continuant sa lecture.

— As-tu passé une bonne journée, ma chérie ? Moi, je suis épuisé. Ces conseils d'administration me tuent. Tu sais, il faut tout négocier aujourd'hui... Y compris avec les représentants du personnel ! Une atmosphère qui n'existait pas par le passé. En fait, je ne supporte plus ces palabres. Et, pour corser le tout, la réglementation est de plus en plus tatillonne. Ça n'en finit plus. Et toi, es-tu contente de m'avoir pour mari ? Au moins quelqu'un de satisfait ! D'accord, ce soir, je ne suis pas très en forme, mais demain… Tu te souviens que nous sommes invités chez les…

Michel-Marie se tourne vers sa femme qu'il trouve bien muette.

— Tu es fatiguée, ma puce ?

— Pas du tout, répond-elle en fuyant son regard. Je regardais le ciel, c'est beau, non ?

— Ah, pour être beau, c'est beau ! Mais, ce soir, je ne vois rien. Je suis exténué. Au fait, as-tu déposé la clé et l'argent au coffre, comme prévu ?

— Pas de problème, j'ai l'habitude maintenant.

— Ah, je suis très content de toi. Tu sais qu'à chaque fois que tu y vas, ça m'enlève une épine du pied, je gagne un temps fou. Tu le sais, chérie, je ne peux confier cette mission à personne.

— Oui, Michel, je le sais.

— Tu es bizarre, ce soir, ma chérie, fatiguée peut-être ?

— Non, un léger mal de tête, mais tout va bien.

— Le repas est prêt ?

— J'appelle Marguerite. Elle a installé la table dans le petit salon.

— Bon. Inutile de traîner avec ta migraine. Allons-y.

Chapitre 6

Le lendemain matin, la curiosité me réveille. J'ai bien dormi. Aucune culpabilité ne me turlupine. À vrai dire, je suis toujours remontée contre Pippa. Lui avoir joué ce coup me remplit pourtant de joie. J'ai toujours en tête les mots fatidiques qui m'ont fait basculer dans la délinquance. *Poivrote* et *vinasse*. Je ne sais pas pourquoi ces deux mots ont eu sur moi l'effet d'une agression à la bombe. Malgré le bon sommeil de la nuit, la colère est encore fichée au creux de mon bide. Chez moi, rien ne vaut une colère étouffée pour me faire éclater. Éclater avec retard, mais éclater quand même.

La seule chose qui me défrise, c'est que je ne peux pas la voir déguster. Je sais, c'est pas beau. Pas charitable. En plus, aussi bien elle s'est pris un savon de son mari. Je sais pas pourquoi, je lui vois un mari. Un mari plein aux as qui l'entretient. En fait, elle sait rien faire de ses dix doigts, la Pippa. Ça se voit gros comme une maison. Elle sort le soir dans des cocktails, se couche tard dans des draps de soie, fait la grasse-mat avant de prendre un bain moussant. Elle a une domestique, ou même plusieurs, qui lavent, repassent, encaustiquent. Elle a rien à glander, la nana. J'en suis sûre. Tous les aprèms, elle fait du lèche-vitrines. Et vous voudriez que je la plaigne ?

Bon, pendant que les clichés sur les gens riches galopent dans mon imagination, j'en oublie presque d'explorer le sac. Enfoui dans le plastique de Franprix, il attend que je l'examine. Voyons. Le mieux est de tout renverser sur la table. Délicatement, bien sûr, pour les cas où il y aurait des trucs hyper fragiles, on ne sait jamais. Au moment où je vais culbuter le sac, une idée de génie me traverse. Si je mettais des gants, non ? On n'est jamais trop prudent. Justement, j'ai des gants de bricolage fins achetés la semaine dernière au Spar. Ils feront parfaitement l'affaire.

Je m'installe sur la table comme un chirurgien avant une intervention délicate. Voilà. Tout est maintenant étalé sur la nappe. Il y en a des trucs, dans un sac de femme, c'est fou ! Surtout dans le sien. C'est drôle, tout est parfaitement en ordre. Des pochettes adéquates sont mises à disposition pour chaque objet, comme si le sac avait été fabriqué sur mesure. Au moins, c'est pratique pour chercher et replacer les trucs. Pas comme le mien, qui est en besace et toujours en bordel. Même des boîtes de Tampax, des fois, il y a. Bon, j'examine tout en détail et je fais le bilan.

Je trouve :

– Un portefeuille de belle maroquinerie rouge avec pièce d'identité, permis et une photo d'un club de bridge. Quelques pièces de monnaie et cinq cents euros essentiellement en coupures de 50. Eh bien, elle s'emmerde pas, la nana. Cinq cents euros comme ça dans le sac ! Ça doit être son argent de poche pour aller prendre le thé ou l'apéro après ses courses.

– Un porte-cartes de crédit avec deux cartes seulement ! Quand je pense au nombre de cartes que, moi, j'accumule ! Les cartes de Kiabi, de Netto, de Darty, de Gemo. Elle, non. Elle s'en tape complètement des réducs. Elle a en tout et pour tout deux cartes : une MasterCard Platinum et une American Express. Toutes les deux à son nom. Bérangère de la Motte, elle s'appelle. Un nom d'aristo. C'est bien ce que je pensais.

– Ah si, il y a une autre carte, celle d'un Club de golf au nom de son mari, Michel-Marie de la Motte.

Bon. Je le savais. Cette garce est mariée. Comme disait ma grand-mère, en plus, ils sont de la haute ! Bon, je continue.

– Une pochette en velours hyper bourrée, fermée par une cordelette. Je l'ouvre. Et dedans, bingo. Plein d'argent en grosses coupures. J'ai pas le temps de compter. À vue de nez, une petite fortune. On verra plus tard.

— À part ça, rien d'extraordinaire, des trucs de femme, un genre de briquet Cartier, un rouge à lèvres, un miroir dans un coffret doré.

— Pas de téléphone dans son sac, malgré un emplacement spécial pour lui. Sans doute l'avait-elle dans la poche de son manteau.

Bon. Le plus étonnant c'est le pognon. Qu'est-ce que je vais faire de tout ce pognon ? D'abord le compter. Il va pas être facile à écouler. Surtout pour une nana comme moi. Par exemple, chez Franprix, je peux pas. Mais où alors ? Dans un grand resto ? Dans une boutique de fringues ? La tête me tourne. Si je touche à ce pognon, il faudra que je diversifie mes achats à plusieurs endroits, histoire de ne pas me faire repérer. Bon. Ça demande beaucoup de réflexion et de prudence.

Je reviens donc au contenu du sac. La seule chose bizarre, c'est le briquet. D'abord, y a pas de clopes dans le sac et ça sent pas le tabac. Donc, pourquoi un briquet ? Depuis que je fume plus, mon nez est devenu hypersensible. Je peux même différencier les marques, Marlboro, Camel, Lucky Strike… J'en connais un bout. En plus, ce briquet, il a un drôle d'air. Il est tout petit, tout fin, en or avec des incrustations de diamant ! On doit pas pouvoir allumer grand-chose, avec ça. Bon, j'enlève le capuchon pour voir la flamme. Et je vous le donne en mille, ce que c'est ! Une mini-clé USB. J'en suis sûre. L'informatique, c'est mon rayon. Un vrai bijou. Je savais pas que ça existait, les USB de joaillier. Ça doit coûter encore un bras, ce machin !

Bon, mon inspection est finie. Je me retrouve avec le gros lot : une voiture, un sac, une carte de crédit, une clé USB de bijoutier et un paquet de blé. Une aubaine, dans la situation où je me trouve.

Au point où j'en suis, j'allume l'ordi pour voir le contenu de la clé. Sûrement des lettres d'amour, des listes de courses ou des adresses de magasins branchés. J'enclenche la clé dans le port USB du PC, et j'attends que la fenêtre s'ouvre. C'est fou, le nombre de dossiers qu'il y a dans ce petit truc. Il doit y avoir pas mal de gigas, tout compte fait. Chaque dossier porte un nom. J'en reconnais quelques-uns :

Moscou, les Canaries, Suisse, Luxembourg, Bahreïn, Luberon, Saint-Tropez, et plein d'autres dont je vous passe les détails. On dirait que les dossiers sont regroupés par thème. Faudra que j'étudie ça de plus près.

Pour l'instant, je me contente de balayer la fenêtre. Quand j'ouvre chaque dossier, je vois des tonnes de chiffres, certains libellés en dollars, des adresses, des trucs de ouf où je comprends rien. Un seul truc me parle, c'est le dossier Luberon. Ça, je connais. C'est le pays de mon enfance, le Luberon. Alors, vous parlez si je connais ! Par cœur, je connais. Le nom des villages, les ruelles, l'odeur des pins et des oliviers, le pastis qu'on buvait à la fraîche... Le Luberon, c'est vraiment mon jardin secret. Presque, ça m'appartient. Oh, je sais bien, c'est devenu un endroit de villégiature. Les pauvres ont tout vendu aux riches. Et pourquoi ils sont venus là, les riches ? Je vous le demande.

En fait, je le sais. Après avoir envahi et acheté Saint-Tropez – cette merveille qui pourtant ne demandait rien à personne –, ils en ont eu plein le dos des pauvres qui venaient les bader devant le Sénéquier en faisant un boucan vulgaire pas possible. Ils en avaient plein le dos de tous ces ploucs. Du coup, ils ont cherché ailleurs un bel endroit tranquille. Vous avez pas remarqué que les pauvres suivent les riches à la trace, vous ? Moi si.

Les rupins se sont alors rabattus sur mon Luberon et ont tout acheté. Pour l'instant, ils sont à peu près tranquilles... Ils ont viré les ploucs présents, mais les autres, ceux qui arrivent en touristes, ils ne viennent pas encore en hordes comme à Saint-Trop'. Donc, peinards, pleins d'oseille, les riches habitent les vieilles fermes. Ils débarrassent les murs du ciment accumulé et font ressortir les vieilles pierres. Ils se font des jardins potagers avec des petits portails, comme dans le temps. Dedans, ils y cultivent leurs propres salades et leurs tomates. Au marché – qu'ils ne risquent pas de rater, tellement c'est chic d'y aller –, ils s'extasient devant la moindre truffe, achètent l'huile d'olive du producteur et hument le cul des melons comme s'ils y connaissaient quelque chose en melon. Je les déteste. Ils m'ont volé mon pays et mon enfance. Du coup, les pauvres, faute de tunes suffisantes, ils peuvent plus se loger.

Quand j'étais enfant, c'était d'un plouc, le Luberon ! On me le faisait bien sentir. À Aix et à Marseille, les rares fois où j'y allais, on me regardait comme une demeurée. Vous voyez d'où ça vient, la haine. Le ressentiment. De très loin. De l'enfance. Des frustrations. Tout compte fait, j'aime mieux les arrivées massives de pauvres dans le pays. Ils font moins joli dans le décor, c'est sûr. Y a qu'à voir sur la Canebière. Mais, au moins, ils nous achètent pas. J'ai horreur que des gens aient acheté le Luberon. Mon Luberon. On y voit plus que des Parigots, des gens du show-biz et des hommes politiques qui se la jouent campagne. Tenez, vous savez quoi ? Ça m'énerve.

Déjà que j'avais la haine, voilà que Pippa et son mari ont l'air de posséder une maison là-bas. Il y a un dossier complet sur leur maison. Les *Lavandes*, ça s'appelle. Un hélicoptère a dû prendre des photos d'en haut. On voit la maison, les dépendances – sûrement une ancienne ferme –, le tennis, la piscine, un champ de lavandes et un autre d'oliviers. Le tout parfaitement clôturé par une muraille de pierre et un portail en fer forgé. Ce qu'il y a de bien, c'est que, dans ce dossier des *Lavandes*, la moindre chose est expliquée. Il y a même un dossier qui s'appelle « domotique des *Lavandes* ». Vous le croirez pas. On dirait qu'ils ne se servent pas de clés. Que des codes et des modes d'emploi. Il y a le code du portail, le code pour désactiver l'alarme, le code du WiFi, les indications pour mettre le chauffage, la clim. Tout, quoi. Il doit être tatillon, le mec à Pippa, pour avoir noté tout ça, ou alors, comme il a beaucoup de possessions, il a peur de se faire des salades avec les chiffres de toutes les maisons.

Pour compléter le tout, Michel-Marie a inséré un calendrier d'occupation des semaines de l'année. En gros, la semaine de Noël et quinze jours en septembre. Le reste du temps, tout est fermé. Apparemment, il n'y a pas de gardien pour la maison. Seul un jardinier est mentionné. Son travail consiste à s'occuper de l'extérieur à dates précises. Pour récupérer les outils dans le local prévu à cet effet, il en possède le code, ainsi que le code d'ouverture d'un petit portail situé sur le grillage au dos de la maison.

Une idée me traverse tout à coup la cervelle. Et si j'allais m'installer là-bas quelque temps, histoire de me changer les idées. Pourquoi pas, après tout ? Après avoir remis chaque objet à son emplacement initial dans le sac, je me mets à gamberger. Si la décision de squatter cette villa doit prendre corps, il faut que je la mûrisse.

D'abord, je dois faire taire ma conscience qui, avec ses habitudes de prudence, me titille. Elle me souffle fortement à l'oreille :

« Mais enfin, as-tu pris la mesure de ce que tu fais ? Tu vas squatter une villa ? Parfait. Sais-tu que c'est du vol et répréhensible par la loi ? À tomber dans la délinquance, tombes-y carrément, de façon moins risquée. Tu gardes l'oseille, tu remets la Smart dans la rue – une fois retrouvée, personne ne cherchera tes empreintes –, tu vends le sac et son contenu sur des sites de trocs, genre Le Bon Coin ou eBay, et tu vois venir en écoulant peu à peu les grosses coupures. C'est plus lucratif et moins risqué. Bien sûr, pour le sac et son contenu, il te faudra échelonner les ventes dans le temps et les éparpiller sur la toile pour brouiller les pistes. Le mieux sera de ne pas effectuer ces ventes à partir de ton adresse IP, mais à partir de plusieurs cybercafés disséminés dans la ville et peu rapprochés les uns des autres. Ensuite, quand tu expédieras les colis, tu prendras soin de ne point mentionner ton adresse… Enfin, bref, tu es suffisamment finouche en informatique pour prendre les précautions les plus élémentaires.

Tu veux le fond de ma pensée ? Laisse tout tomber. Tu as toujours été honnête et tu n'es pas de taille. Abandonne tous ces projets, y compris l'idée de garder le pognon et de l'écouler en loucedé. C'est pas bien. C'est même très laid. Très moche.

Quant à ton idée de squat, n'en parlons pas. Elle est con. Très con. Ridicule et dangereuse. À tous les coups, tu vas te faire pincer par un voisin. Et tout ça pour quoi ? Pour vivre quelque temps dans une riche maison ? Pour emmerder les de la Motte ou la mère Capot ? Pour te venger d'une éclaboussure ? Passe ton chemin. C'est toi qui vas trinquer, ma vieille. D'après les quelques renseignements que tu as glanés sur la clé, tu vois pas que Michel-Marie blanchit de l'argent sale dans les paradis fiscaux ? Qui te dit que ces aristos ne font pas partie de quelque mafia ? Crois-moi. Ces gens sont plus forts que toi. Tu n'es pas de taille ».

Je tourne et retourne les arguments dans ma tête. Ça me gonfle de toujours tout bien faire. Depuis que je suis enfant, je m'applique. J'ai toujours eu 10. Eu des bons points, été bien notée. J'ai toujours fait mon devoir. Tout mon devoir. Ça fait cent ans que je fais mon devoir. J'ai obéi à maman. J'ai obéi à la maîtresse. À mes patrons. À l'Administration. Au banquier, à l'assureur, au syndic. J'ai respecté les feux, les balises, les interdits. Et tout ça pour quoi ? Pour me faire virer comme une malpropre.

Vous comprenez, vous, j'en suis sûre. Je l'emmerde, ma conscience. Le pognon à Pippa, j'en veux pas. Pour quoi faire ? Le placer à l'Écureuil ? Non, ce que je veux, c'est vivre, sortir de là, m'aérer le citron. Vivre avec un grand V. Prendre des risques, faire des choses défendues, trembler de rater mon coup, sentir les battements de mon cœur. Exister, quoi ! Cette histoire m'a ouvert les yeux. Chez la mère Capot, j'étais morte, figée, abrutie. Je remplissais des formulaires à la con avec des tonnes de désherbant. Je disais *au plaisir* quand j'avais envie de hurler. Je côtoyais des gens qui souffraient même de leur ombre. Vous appelez ça vivre, vous ?

La seule qui valait la peine, c'était Edmonde. Juste elle, et elle s'est fait virer. Virer. Elle était pas assez obéissante, pas assez mesquine, pas assez médiocre. Elle avait du courage, du panache, de la beauté. Pas que dehors. Dedans aussi, elle était belle. Vous le comprenez, ça ? Elle était belle dedans. Elle était pas pourrie. Elle marchait la tête haute.

Eh bien, à ma conscience, je lui dis merde. Je préfère un voleur à un rond-de-cuir. Un grand cœur à un lèche-cul. J'étais minable moi aussi. *« À votre service, Madame Capot ! » « Au plaisir, Madame Capot ! » « Bonne continuation ! » « De rien ! » « Il n'y a pas de quoi ! » « Je vous en prie ! » « Merci à vous ! » « C'est moi ! » « En votre aimable règlement ! » « À vos souhaits ! » « Avec mes salutations distinguées ! »* Je t'en foutrais, moi ! J'en ai marre de cette vie. Que *la configuration de notre réseau téléphonique entre dans le cadre de la finalisation d'un processus global de restructuration et d'élaboration d'outils système,* je peux plus le supporter. Ça me hérisse le poil rien que d'y repenser. Tenez. Si, par le plus improbable des hasards, la mère Capot sonnait à l'instant à la porte pour me donner du travail, je la foutrais dehors. Allez, ouste, du balai, débarrassez-moi le plancher. J'en veux pas, de votre job. J'aime encore mieux traîner avec les clodos sous les ponts. Allez, dehors, dégagez ! J'en ai marre de mourir à petit feu.

Bon. D'accord. Mon idée de squat est stupide. Je suis folle, délinquante, escroc et alors ? Hein ? Pour une fois que j'ai envie de quelque chose, on voudrait m'en empêcher ? J'en veux même pas, de son sale pognon, à Pippa. Je le lui rendrai. Tout ce que je veux, c'est prendre l'air, quitte à en mourir. Personne ne me fera changer d'avis. Je vais squatter cette maison. Pour les conséquences, on verra bien. Point final.

Comme je suis pas entièrement *benête* et que j'écoute des deux oreilles la conscience qui me parle, je vais suivre une partie de ses conseils et lui donner ainsi satisfaction. Oui. Je vais prendre mon temps. Oui, je vais attendre plusieurs jours avant de me précipiter. Oui, je vais réfléchir, étudier les choses avec précision, élaborer un plan qui tienne la route… Bref, peaufiner la question et prévoir plusieurs cas de figure pour ne pas être prise au dépourvu.

Avant d'envisager d'occuper les lieux, je dois neutraliser les de la Motte. Enfin, quand je dis neutraliser, c'est un peu fort. Il faut juste que je les empêche de s'interroger sur leur maison provençale. Comme le sac contient dans la clé USB tous les codes, s'ils ne récupèrent pas le sac, ils risquent de se méfier et de rappliquer vite fait en Provence. Pour qu'ils ne se doutent de rien, il faut que je leur rende le sac intact dès demain matin, comme si personne ne l'avait jamais dérobé ni ouvert. C'est la seule chose urgente que j'ai à faire. Tout le reste peut bien attendre. Mais le sac, non. Si je veux mener mon projet de squat à bien, il faut que je le restitue à sa propriétaire dès demain. Comment puis-je faire ? Je vais pas leur porter le sac, quand même ? Ils auraient vite fait de me repérer. Non, il faut que je la joue fine rapidement.

Un, il faut que je fasse un copier-coller de la clé, histoire d'avoir le temps de réfléchir à tout ça à tête reposée. J'ai justement une clé USB publicitaire de chez Décathlon en forme de carte qui fera parfaitement l'affaire. Vous connaissez ce genre de clé ? Non ? Eh bien, cela ressemble comme deux gouttes d'eau à une carte de crédit, y compris la consistance, à part que là, sur le côté de ladite carte, il y a une encoche dans laquelle s'insère un tout petit volet pivotant. C'est ce petit volet de deux centimètres sur un environ qui représente le port USB. Le reste de la carte n'est que du pur habillage pour ne pas perdre le mini USB et pouvoir l'insérer dans son portefeuille avec les autres cartes. Top fort, ce machin !

Dans le cas précis, en plus ça m'arrange, car je vais pouvoir prendre cette clé dans mes vêtements. Comme elle contient des trucs confidentiels sur la famille à Pippa, je la porterai sur moi en permanence. C'est le plus sûr. Vous voyez pas que l'on me vole aussi, mon sac ? Ce serait le pompon ! Cette clé serait alors dans la nature et qui sait si tout cela ne me retomberait pas sur le pif. Un sacré retour de bâton. Vous voyez, il faut que je pense à tout. Le seul truc, c'est de ne pas l'oublier au moment de laver mon jean. Mais ça, ça risque pas de se produire. Je vide toujours mes poches avant machine, vieux réflexe qui me vient de ma mère, sorte de seconde nature quasi obsessionnelle. Oui. La meilleure cachette pour cette carte, c'est de l'avoir sur moi.

Deux, à l'aide de mon imprimante multifonctions – eh oui, je suis équipée ! –, je dois réaliser une photocopie de la carte grise et de l'assurance pour tenter, par la suite, de fabriquer des faux documents qui fassent bonne figure…

Trois, il faut que je rende le sac intact, sans avoir touché ni à l'argent, ni aux cartes de crédit, ni à rien. Avec un sac intact, toutes les suspicions éventuelles des de la Motte fondront comme neige au soleil.

Le hic, c'est pour rendre le sac. C'est sûr que je vais pas sonner à leur porte, ni l'envoyer par la poste, encore moins le remettre aux objets trouvés. Sinon cela serait, pour eux, un jeu d'enfant de me retrouver. Il me faut imaginer autre chose.

Chapitre 7

Ça y est, je crois que j'ai trouvé. Je me mets un fichu sur la tête – genre musulmane – ou mieux un bonnet – genre j'ai toujours froid – et les lunettes de myope à verre épais de ma grand-mère. Ainsi attifée, je me pointe, à pied, dans le magasin de fringues devant lequel j'ai dérobé la Smart. Voyons que je réfléchisse. C'est sûr que la dame doit être au courant de ce vol. J'en mettrai ma tête à couper. Je vois mal comment il pourrait en être autrement. C'est pas possible que Pippa, dans sa grosse émotion du moment, ne soit pas retournée le lui dire.

Considérons donc que la vendeuse est au courant. Je me pointe et j'ouvre, l'air de rien, la porte du magasin. Si la porte est verrouillée, ce qui est plausible, la femme va m'examiner avant d'appuyer sur le bouton qui actionne l'ouverture. C'est là que tout se joue. À la moindre hésitation de sa part, j'agite le sac devant son nez à travers la vitre. Argument massue pour qu'elle ouvre son fichu magasin. Vous devinez la suite. Une fois le sac rendu par la vendeuse à sa propriétaire, Pippa va l'inspecter, voir que rien n'a été touché, même pas l'argent. Elle ne se doutera pas une minute que la clé USB a été ouverte et encore moins recopiée. Personne ne pourra deviner que la maison du Luberon va être squattée.

Bon. Mon plan a l'air de tenir la route. Attendons donc demain.

Le lendemain matin, après avoir pris le métro et changé trois fois de rame, je me retrouve devant la boutique du Faubourg. J'ai pris soin de me vêtir avec mes plus beaux atours. Un manteau de tweed acheté à une époque d'abondance, des escarpins noirs, des bas fins qui me restent du mariage de ma copine ésotérique dont je vous ai parlé plus haut. Avec mon bonnet et les lunettes épaisses de ma grand-mère, avec lesquelles je vois pas grand-chose et qui me filent le tournis, je suis méconnaissable. Comme elles sont double foyer Varilux, je vois juste un peu par en haut. Pour un petit quart d'heure de présence dans le magasin, ça ira.

Je m'assois quelques instants sur mon fameux banc de l'autre fois, celui qui m'a porté chance, histoire de souffler un peu, de reprendre mes esprits et de peaufiner ma stratégie. Le magasin en question est éclairé. Pas de caméra de surveillance dans la rue. Zut, je n'y avais pas prêté attention, l'autre fois. Comme quoi ! J'ai volé la voiture sans penser à rien, la tête en l'air, hyper reconnaissable sur un film. On voit tous les jours ça, maintenant, à la télé. C'est comme ça que les mecs se font pincer. Encore un coup de chance. Par contre, je dois m'attendre à être filmée dans la boutique. Penser donc à garder la tête baissée et à modifier le timbre de ma voix, on n'est jamais trop prudent.

Dans la boutique, rien ne bouge. Il est 9 h 15 et je ne pense pas qu'à cette heure-ci la clientèle se bouscule. Je sors le sac de Pippa de son plastique Franprix et me dirige d'un pas décidé vers la porte de la boutique. Je la pousse sans succès. Elle est verrouillée. Je vois alors la propriétaire lever la tête dans ma direction et hésiter. Je lui décoche alors mon plus beau sourire, l'enjôleur que je n'ai plus ressorti depuis longtemps tant il était inutile. Mise en confiance par ma belle dentition et le petit coucou que je lui adresse de la main, la dame se décide. *Sans doute*, se dit-elle dans sa barbe, *que je ne suis pas une grosse délinquante.*

— Excusez-moi, dit-elle. Par les temps qui courent, je préfère verrouiller la porte.

— C'est tout à fait normal, de nos jours, nous ne sommes plus tranquilles jusque dans les beaux quartiers, je réponds avec mon accent sucré de snob que je ressors parfois pour faire rire les copines.

— Vous désirez ? me dit-elle d'un ton professionnel.

— Eh bien, je suis désolée de vous importuner, mais il se trouve que, tout près de votre boutique, alors que je m'apprêtais à rentrer chez moi, j'ai trouvé un sac, jeté au coin d'une porte-cochère et qui me semble provenir de chez vous.

Je lui montre alors le sac de Pippa.

— Effectivement, nous avons des modèles exclusifs, faits sur mesure et ce sac est donc bien de notre facture.

— Je viens de le découvrir à l'instant et, surprise de le trouver ainsi abandonné, je me suis demandé s'il n'appartiendrait pas à quelque cliente qui l'aurait laissé choir, encombrée par d'autres paquets.

— Ah mais bien sûr ! C'est le sac de madame de la Motte, comme elle va être ravie ! Elle qui se faisait un sang d'encre… Figurez-vous qu'elle était tellement contrariée qu'elle m'a demandé de n'en rien dire à personne… Elle s'est fait voler la voiture devant le magasin. Faut dire qu'elle avait laissé imprudemment dedans le sac et la clé de contact. De quoi tenter un voleur qui passait par là. Évidemment, puisque vous l'avez trouvé, je peux vous en parler. Alors, il était comme ça, par terre, au vu et au su de tout le monde ?

— Pas exactement, il était tassé dans le coin d'une porte-cochère, un peu plus loin, comme s'il avait été jeté. Entre hier soir et ce matin, personne n'a dû y prêter attention. Encore une chance ! C'est un petit chat, rôdant par-là et que j'ai suivi du regard, qui m'a fait le découvrir. Peut-être que le voleur l'a immédiatement jeté par la fenêtre passager, ne souhaitant que conserver le véhicule sans garder le sac ? J'espère que son contenu est intact…

— Voulez-vous que nous vérifiions ensemble ?… Humm… D'abord, vous avez raison, il est rayé sur le côté, il a donc été probablement jeté comme vous le suggériez.

— Ah, bon ? Il est rayé ? Je n'avais pas remarqué, je dis de ma voix sucrée – alors que c'est moi qui l'ai frotté contre le bitume de ma rue pour créer *l'effet jeté*.

— Voyons donc son contenu : un portefeuille avec quelques billets de valeur, deux cartes de crédit, un sac de velours empli d'autres billets. Un rouge à lèvres. Un briquet. Rien ne semble avoir été dérobé. Quelle chance ! C'est madame de la Motte qui va être ravie, vous pensez !

— Bon, je vous laisse lui faire cette bonne surprise. Je suis un peu bousculée ces temps-ci… Je suis sculpteur… Et j'ai un rendez-vous qui ne peut attendre. Je sais que ce sac est dans de bonnes mains. Merci de votre accueil.

— Puis-je transmettre votre nom à madame de la Motte ?

— Bien sûr, Marie Dubois. Je suis dans l'annuaire…

Avant que la boutiquière ait eu le temps de réagir, je déguerpis en lui servant un grand sourire.

— Bonne journée, Madame.

Chapitre 8

« A llô, Charlotte ? C'est Bérangère, je ne te réveille pas ?
— Pas du tout, ma biche, je prends mon petit-déjeuner.
Tu as des nouvelles pour le vol ?

— Oui, c'est le motif de mon coup de fil. Tu ne peux pas imaginer la veine que j'ai !

— Tu as retrouvé la Smart ?

— Non, pas du tout... Mais, j'ai un coup de chance d'un autre monde.

— Bon, eh bien raconte-moi, je n'ai pas fermé l'œil de la nuit avec cette histoire !

— Figure-toi qu'une dame a rapporté, tôt ce matin, mon sac chez Viviane, la patronne de la boutique. Et tu ne sais pas le meilleur ? Il y avait tout dedans. L'argent, les cartes, le miroir, le rouge à lèvres. Tout.

— Je n'arrive pas à le croire ! Tu as la bonne étoile avec toi ! Et comment cela s'est-il passé, chez Viviane ? »

Bérangère, prise d'une invraisemblable logorrhée, raconte, raconte, répond par le menu à son amie, revient sur le moindre détail. Tout y passe, comment la dame était habillée, quel genre de femme c'était, comment le chat rôdait par-là, ce qui se serait passé sans la présence de l'animal, la présence d'esprit de Viviane, les raies présentes sur le sac... Et surtout l'honnêteté foncière de la dame... Sans cette providentielle bonne femme, qui sait comment les choses auraient tourné ! Charlotte, curieuse et ravie, félicite son amie du dénouement inattendu de cette affaire, quand le problème de la clé lui revient soudain à l'esprit.

— Et la clé USB, elle y était ?

— Tu ne vas pas le croire, elle y est aussi, dans son petit logement fait tout exprès...

— Ouf, tu dois être soulagée !

— Bien sûr, je suis aux anges, ma biche...

— Et il y a tout dedans... Je veux dire, dans la clé ?

— Oui, tu vas sourire. Tu sais bien à quel point je suis incompétente en informatique... Eh bien, j'ai pensé à vérifier. Mais je savais à l'avance que tout y serait... Il ne pouvait pas en être autrement... à cause de l'argent qui est toujours là, tu comprends ?

— Oui, tu as raison, Bérangère, et comment as-tu fait ?

— Eh bien, figure-toi que Michel-Marie, pour que je comprenne bien l'importance de la clé, m'avait tout montré la première fois qu'il m'a envoyée à la banque... *« Regarde »*, il disait... *« C'est simple comme bonjour... Tu ouvres le capot du PC, tu appuies sur On... Tu... »* Bref, j'ai suivi ses consignes. J'ai allumé le PC, entré la clé dans le premier trou à droite et là, par miracle, en cliquant comme il m'avait dit, le dossier s'est ouvert. J'ai vu tous les dossiers qu'il m'avait montrés. Tu sais, cela ressemble à des genres de valises jaunes. Il m'avait dit *« Il y en a dix-sept »*. J'ai tout recompté, rien ne manque. Bien que je sois sûre que tout y était, pendant toute la manipulation, je n'en menais pas large. Je tremblais comme une feuille. Sais-tu pourquoi ? J'avais peur de faire une bêtise, ou alors que Michel revienne chercher un papier important oublié. Ça lui arrive, certains jours. Bon, après avoir tout contrôlé, j'ai tiré la clé très facilement et j'ai débranché la prise. Je ne savais pas éteindre autrement. Je suis très fière de moi ! Un miracle suivi d'un exploit, c'est bien, non ?

— Ah... Mince, mais cela se voit quand on n'éteint pas correctement un ordinateur...

— Ah bon ? Il va s'en apercevoir, tu crois ?

— Oui.

— Tant pis... Je lui dirai que j'ai voulu apprendre à me servir de la messagerie et que je n'ai pas su éteindre.

— Et la Smart, alors, sais-tu où elle se trouve ?

— Ça alors, tu m'en demandes trop, je n'en sais fichtre rien.

— Et Michel-Marie, il est au courant de quoi finalement ?

— Pour le sac, comme je t'ai dit, de rien du tout. Quand Viviane a appelé, il était sous la douche… Juste après son départ pour le boulot, j'ai foncé en taxi à la banque et je me suis débarrassée, vite fait, de la clé USB dans le coffre. Pour la Smart, en revenant de la banque, j'étais tellement contente de mes exploits que je lui ai téléphoné dans la foulée. Je lui ai dit : « *Chéri, je suis très contrariée, on m'a volé la Smart quand je suis allée à la boutique ce matin…* » « *Ce matin ? À la boutique ?* », il m'a dit. « *Ben oui, Michel, je veux absolument mettre mon pantalon ce soir chez les…* ». « *Tu étais bien garée ?* », il m'a demandé. « *Oui, bien sûr !* », je lui ai dit.

— Et alors ?

— Alors, il est très mignon, tu sais… Il m'a complètement arrangé le coup. Il a précisé, mot pour mot : « *Je n'ai pas le temps, là… Laisse-moi réfléchir. Bon, tu ne bouges pas. Je t'envoie Boris récupérer tes papiers pour qu'il fasse la déclaration du vol. Et si on ne la retrouve pas, ta voiture, il sera toujours temps d'en acheter une autre…* »

— Tu as vraiment un mari en or !

— On ne saurait mieux dire. Bon, Charlotte, je te laisse. J'entends Marguerite ouvrir à Boris. Merci de ton écoute et à bientôt !

Chapitre 9

Ouf ! Me voilà débarrassée de ce sac de folie. Il me brûlait les doigts, tout le bazar de cette pouffe. J'en pouvais plus. La restitution dudit bazar à la boutique s'est passée les doigts dans le nez. Je crois que j'ai pas mal joué.

C'était pas plié d'avance, pourtant ! Je les vois d'ici, la Pippa's family ! Peut-être qu'ils sablent le champagne, à cette heure, tellement ils ont eu chaud !

Bon. C'est pas tout ça, mais il faut que je prévoie la suite. Et j'en ai des choses à faire ! Vous imaginez pas le tintouin qui me reste :

— Prévenir mes copines de mon départ. (Raison invoquée : j'en ai marre de cette ville de merde et je retourne dans mon village natal. Je n'aurai plus de portable pour me joindre, faute de tunes)

— Prévenir la propriétaire et lui régler le mois en cours.

— Aller aux Assedic avec le document fourni par la boîte. (On sait jamais, des fois que je pourrais récupérer quelques figues…)

— Arrêter l'ensemble de mes abonnements pour la fin du mois. (EDF, téléphone, Internet, téléphone portable)

— Filer les quelques babioles qui m'appartiennent à des copines, en attendant de pouvoir les récupérer. (Je suis en meublé, donc, pas de déménagement à organiser ni à payer)

— Me renseigner sur le transfert de mon courrier vers une boîte postale en Provence. (Utile, surtout si mon chômage est indemnisé)

— Changer les plaques d'immatriculation de la voiture.

— Trouver une fausse carte grise au cas où un flic bien intentionné me demanderait les papiers. (J'ai mon permis et une carte d'identité. Les faux papiers sont donc à mettre à mon nom)

– Prévoir une carte de France et de la région PACA. (Je me méfie du GPS de la Smart)

Bon. Je pense avoir fait le tour de la question. J'ai un mois devant moi. Largement le temps de tout régler au quart de poil. Je vais au lit. Demain sera un autre jour, comme disait ma mère.

Le lendemain, après un sommeil agité, je me précipite sur l'ordi. Deux trucs m'ont filé le bourdon toute la nuit : trouver des fausses plaques d'immatriculation assorties à la carte grise – et à l'assurance – et prévoir le coup de la poste restante.

Oui. J'ai besoin de me rassurer. Et alors ? Vous avez déjà falsifié des documents officiels et réservé une place en poste restante, vous ? Moi, jamais. Donc, j'ai la méga-trouille que tout me donne du fil à retordre.

C'est alors qu'en consultant Internet, je lis avec ravissement un article datant du 14 novembre 2012. Tenez-vous bien : *le magazine* Auto Plus *a révélé à quel point il est « facile » de se procurer de fausses plaques d'immatriculation. Ils ont même falsifié celles de la voiture officielle du président François Hollande... Six sur huit sites Internet leur ont livré des fausses plaques dans la semaine, sans la moindre vérification de documents...* Auto Plus *en a conclu qu'aujourd'hui, faire faire une fausse carte grise ou usurper des plaques est à la portée de n'importe quel individu.*

Youpi ! Quelle bonne nouvelle, cet article ! Merci à *Auto Plus* de dégager ainsi mon ciel encombré. Un coup d'œil sur la première page de Google me confirme la véracité de l'information fournie. Quelques items plus loin, je déniche en effet un site hyper clair dont les prestations sont, pour l'instant, à ma portée – trente euros la carte et vingt euros les deux plaques.

Voilà ce que je découvre avec plaisir par la suite : *on n'y pense pas toujours, mais le service de la poste restante existe toujours. Pour la somme modique de moins de 23 centimes d'euro, ce service vous permet de louer une boîte avec remise d'une clé personnelle au sein d'un bureau de poste, et ainsi d'avoir accès à votre courrier à tout moment de la journée, aux jours et horaires d'ouverture du bureau de poste.*

Un bémol à ma satisfaction. Je tombe sur un truc qui me fout pas mal les jetons : *l'usage de plaques falsifiées est un délit passible de cinq années de prison, d'une suspension de permis de trois ans et de 3 750 € d'amende.*

Pas la peine de se mouronner à l'avance et d'avoir les chocottes ! J'ai une carte d'identité récente, un permis en règle et un sourire enjôleur. Dans ces conditions, je ne vois pas pourquoi un flic qui me contrôlerait viendrait me chercher des noises.

Ouf ! Me voilà définitivement *quiet*. Merci Google. Une fois les choses confirmées, la mise en œuvre du plan devrait marcher sur des roulettes. Question de temps. Et du temps, j'en ai plus qu'il ne m'en faut.

Chapitre 10

Marguerite Grommel est au service des de la Motte depuis seize ans. Fille d'une mère couturière et d'un père chef-cantonnier, cette femme d'âge mûr a la chance d'avoir hérité le fort tempérament de son père et la délicatesse raffinée de sa dentellière de mère.

Partie du Larzac dès son plus jeune âge pour tenter de gagner sa vie à sa manière, elle a trouvé dans le métier d'intendante-gouvernante d'une maison de maître une façon habile d'être logée dans un environnement agréable et de vivre au contact courtois des gens aisés. Après deux essais dans des familles dont le caractère chiche et tracassier ne concordait pas avec l'idée qu'elle se faisait de la vie, elle a fini par intégrer la famille de la Motte qui, depuis son embauche, comble toutes ses aspirations.

Fine mouche, Marguerite sait rester à sa place avec ses maîtres et tirer profit de la situation sans jamais émettre une seule revendication. De la sorte, augmentations de salaire et avantages en nature lui sont offerts spontanément par les de la Motte, ravis de pouvoir s'appuyer sur une personne de confiance aussi efficace que discrète.

Marguerite a la charge de la maison, de la qualité des services, du personnel, des fournisseurs... et de la gestion administrative. Alors que chacun dispose d'une chambre avec salle d'eau, Marguerite, en raison de son poste prestigieux, dispose quant à elle d'un véritable studio qui donne sur une part clôturée du jardin, ainsi que d'un ordinateur branché sur le réseau et d'un téléphone portable.

Avisée, calculatrice, dotée d'un esprit solide, Marguerite a toujours su compter et voir de quel côté son intérêt la pousse. Étant donné que le logement, les frais de bouche et le fonctionnement de son logis sont gratuits, elle se demande ce qui peut bien pousser les gens à se fourrer dans l'espace peu raffiné et conflictuel d'une entreprise, au nom de la prétendue liberté. Aujourd'hui, les gens trouvent dégradant de faire partie d'une domesticité. Marguerite, non. Elle déteste l'idéologie environnante qui consiste à réclamer, revendiquer jusqu'à manifester en hurlant dans les rues pour faire valoir ses droits.

Elle a toujours su que les domestiques employés par une famille riche sont favorisés. Pourquoi ? Selon elle, c'est très simple. Ils ont l'avantage considérable de côtoyer quotidiennement des familles dont le prestige, le train de vie, le pouvoir et la culture, finissent par retentir sur leur propre situation. Pour celui qui se trouve au sommet de l'échelle de la domesticité – position qu'occupe Marguerite –, le raffinement et le lustre de l'existence lui donnent le sentiment de faire partie d'une rare caste de privilégiés, ce qui est loin d'être le cas des employés anonymes d'une entreprise.

Or, depuis que madame et monsieur de la Motte, parents de Michel-Marie, ont disparu dans un accident d'auto, le climat de la maison n'est plus le même. Michel-Marie a pris les rênes des affaires de son père et, bien entendu, de la maison. Non seulement les anciennes manières – il est vrai, surannées – ont disparu, mais Michel-Marie a cru bon d'épouser une femme qui n'a pas, tant s'en faut, la dimension de madame Mère. Autant celle-ci alliait à la beauté une élégance éthique et intellectuelle qui faisait la joie des salons littéraires qu'elle organisait et le bonheur de tous les gens qui l'entouraient, autant cette dernière, prénommée Bérangère, paraît à Marguerite singulièrement légère et écervelée. Michel-Marie non plus n'a pas – loin de là – la hauteur de vue ni la classe innée de son père.

À la fin de leurs épousailles, les deux jeunes mariés n'ont eu de cesse de chambouler toute l'architecture et la décoration de la maison, pour la mettre au goût du jour. Finis les petits guéridons, les vieilles armoires garnies de linge et de lavande, les tapis de Perse et les boiseries.

Tout a été saccagé par des architectes dans le vent que Marguerite a détestés dès le premier jour.

Si les conditions de confort et de logement en ont été améliorées, l'âme de la maison semble avoir fondu comme neige au soleil. Marguerite en garde un ressentiment important contre les deux jeunes gens. Leurs amis, souvent acteurs du show-biz et des médias, lui paraissent vulgaires et sans éducation. Bien sûr, toujours pragmatique, elle n'en laisse rien paraître et continue d'assurer son service avec la même diligence que par le passé. La souffrance sourde cependant reste, close et muette jusqu'au tréfonds de sa chair.

Plus tard, se sont rajoutés au monde des people des hommes d'affaires encore plus louches. Vêtus de costumes sombres, cravatés, souvent d'origine étrangère, ils entrent sans un mot, toujours munis d'attachés-cases au bout des bras. Un après-midi, Marguerite surprend leur malhonnêteté au grand jour. Alors qu'elle assure le service du thé dans le salon feutré du premier, seul salon rescapé de la démolition, elle entrevoit une valise qui, bien que fermée précipitamment par son propriétaire, lui permet de visualiser une quantité importante de liasses de billets.

Son opinion est alors définitivement arrêtée. Son patron, non content de fréquenter les gens médiocres, fréquente aussi des brigands. Après s'être retirée sur la pointe des pieds, elle sort sans un mot, avec la ferme résolution d'enregistrer désormais les conversations qui lui paraîtront suspectes.

Chapitre 11

« Allô, Charlotte ? C'est moi, Bérangère… J'ai besoin de te parler de quelque chose qui me taraude depuis ce matin…

— Ah bon ! Moi je ne pense à rien du tout, j'ai simplement un peu la tête à l'envers et…

— Justement, moi aussi. Je ne vais pas très bien, ces jours-ci. Je me sens toute drôle…

— Drôle ? Qu'est-ce que tu veux dire ?

— Ben, je ne sais pas, depuis quelque temps, j'ai envie de prendre l'air, d'aller ailleurs. Je n'ai pas le moral.

— Tu veux qu'on fasse les boutiques, on pourrait…

— Non, Charlotte, ce n'est pas cela du tout. J'ai l'impression de ne pas tourner rond.

— Comment ça, de pas tourner rond ? Tout va bien pourtant !

— Oui, bien sûr, tout va bien… Comment te dire, c'est comme si j'avais quelque chose de détraqué. Je crois que c'est depuis l'histoire de la Smart.

— Mais tu ne pouvais pas t'en sortir mieux ! Tu as retrouvé le sac, les papiers et récupéré une voiture neuve, alors…

— Ben oui, c'est ce que je me dis. Mais…

— Quand tu parles de prendre l'air, tu veux aller où ? En voyage avec Michel-Marie, par exemple ?

— Oui, c'est une bonne suggestion, mais il ne peut pas en ce moment et toute seule…

— Tu veux que je vienne avec toi ?

— C'est un peu pour ça que je t'en parle… Je me suis dit que partir ensemble pourrait te convenir.

— Tu sais bien que je suis toujours partante. Et où irions-nous ?

— Je pensais qu'on pourrait aller dans ma maison du Luberon. Tu sais, les *Lavandes*. Il fait bon là-bas, le temps est doux et…

— Et tu nous vois partir toutes les deux ou avec d'autres personnes ?

— Non, toutes les deux. Bien sûr, on amènerait Marguerite et la cuisinière. Qu'est-ce que tu en penses ?

— Écoute, ça me paraît pas mal du tout, ton idée. Nous marcherions un peu dans la campagne, mangerions des bons légumes…

— Et Hubert, penses-tu qu'il va donner son accord ?

— Qu'est-ce que tu veux qu'il dise ? Rien du tout. Je pense qu'il sera même très content que je parte quelque temps. Il est sur la brèche en ce moment. Tu vois ça pour quand ?

— Eh bien, nous sommes mardi. On pourrait partir, voyons, pas ce week-end, l'autre, et une fois là-bas, nous déciderions la durée du séjour, quinze jours ou plus. Nous avons tout le temps de voir venir, enfin, moi oui.

— Moi aussi, je n'ai aucun projet particulier. Écoute, je suis d'accord. J'en parle à Hubert ce soir, mais c'est vraiment pour la forme. Ça ne devrait poser aucun problème. Oh, Bérangère, je suis ravie. Formidable. Je vais prévoir mes tenues de campagne et des bouquins pour le coin cheminée.

— Oui, amène aussi des revues. Là-bas, question librairie… Ah, je suis très contente. Nous pourrons traîner dans le coin, s'il fait beau et que nous sommes bien, non ?

— Oui, bien sûr. C'est ce que nous disions. Je crois qu'il est plus sage que nous partions avec mon 4x4, non ? C'est plus sécurisant et plus approprié à la campagne…

— Oui, j'aime autant que ce soit toi qui conduises. Les longs trajets…

— Bon, rappelons-nous demain pour tout arrêter.

— Aucun problème.

— À demain ! »

Chapitre 12

Bon. Je me rends compte que je vous ai pas tenu au courant des suites de mon entreprise. Un mois s'est écoulé et tout mon programme s'est réalisé au quart de poil.

Pour la carte grise, il m'a suffi de remplir les cases avec les caractéristiques de la bagnole – bien m'en avait pris d'en faire la photocopie – et de mettre mon nom et le numéro d'immatriculation en lieu et place de ceux de Pippa. Le tour a été alors joué. Trois jours plus tard, j'étais livrée, plaques et carte grise dans le même emballage.

Pour changer les plaques de la bagnole, je me suis débrouillée comme un chef, en loucedé dans mon garage, en m'aidant des trous préalables faits dans la carrosserie. Si, si. Vous le croirez peut-être pas, mais le bricolage, c'est mon truc. J'ai toujours adoré bidouiller dans la maison.

Quant à l'assurance, ça a été un jeu d'enfant. Munie d'un papier vert acheté à la papeterie, rien de plus simple que de faire une photocopie de la carte verte de la Motte (en cachant son nom et son numéro de voiture pour y mettre les miens).

Le seul hic est que cette assurance bidon ne me couvre pas en cas d'accident. Charge à moi de me tenir à carreau et de rouler peinarde pour ne pas avoir besoin des services d'un assureur.

Me voilà fin prête.

Cap sur les *Lavandes*. Avec un peu de chance, j'y serai ce soir.

C'est vrai qu'il est long, ce putain de trajet. Sept heures, montre en main. Pour arriver avec le jour, je suis partie à 7 heures du mat. Du coup, à 14 heures, je suis sur place. Ayant repéré à l'avance la maison secondaire des de la Motte sur Google Earth, je n'ai aucune difficulté à la retrouver. La vue aérienne m'a montré une belle demeure carrée située au centre d'un terrain rectangulaire bordé d'une muraille de pierres qui protège la maison des regards indiscrets. La maison est orientée plein sud. Sur le devant, un grand portail permet d'accéder au chemin qui mène à la maison. À l'arrière, seul un portillon permet d'entrer à pied dans la propriété. L'enceinte de pierres ne semble pas très haute, deux mètres environ.

Par précaution, je gare ma voiture deux rues avant d'arriver sur les lieux. On ne sait jamais. Vaut mieux être hyper prudente. À 14 h 5, je me trouve à l'extrémité est de la propriété. Je longe le mur de pierres sur une longueur de mille mètres. Me dresser sur la pointe des pieds ne sert à rien. Impossible de zieuter par-dessus la muraille. Seule la large trouée opérée par le portail va me permettre de jeter un œil dans le jardin. Arrivée au niveau de l'entrée, ma prudence naturelle – comme vous le savez, j'ai appris à être méfiante – me conseille d'éviter d'y stationner trop longtemps. Je ralentis simplement le pas, en mimant un coup de fil imaginaire. Portable collé à l'oreille, je fais mine d'écouter mon interlocuteur, tout en jetant un coup d'œil rapide pour repérer les éléments indispensables au bon déroulement de mon plan.

Ce portail principal, en vieux fer forgé, donne sur une allée de cyprès majestueux. Sur le pilier droit – comme noté dans la clé USB – un digicode est encastré, sans aucune caméra de surveillance. On aperçoit au fond de l'allée un vieux perron qui ouvre sur une porte ancienne à deux battants de couleur brune. Difficile, depuis le portail, de voir les volets de la maison, masqués par une importante végétation. Les deux seuls que j'aperçois sont fermés. C'est bien ce que je pensais, rien ne bouge. Je ne veux pas vendre la peau de l'ours, mais mon plan a l'air de marcher hyper top.

Arrivée sur l'arrière de la maison, je repère aisément le portillon et son digicode inséré dans la pierre du montant droit. Là non plus, rien ne bouge, tout est immobile. Seule une légère brise trouble le silence du lieu. L'arrière de la maison est nettement plus dégagé que le devant. La végétation n'y est pas suffisante pour masquer les volets. Comme prévu, ceux-ci sont fermés. Il ne me reste plus qu'à m'assurer que le numéro composé ouvre la porte, à pénétrer dans la propriété, en faire le tour telle la panthère rose – on ne sait jamais – avant d'entrer dans la maison. D'après mes prévisions, à part la trouille qui me trouera le ventre, le reste sera un jeu d'enfant. C'est le moment. Allons-y.

Le code du portail est le 4532a. Je le compose d'une main tremblante. Un léger déclic se fait entendre et le portail s'entrouvre. Une légère poussée de l'épaule l'ouvre tout à fait, sans grincer. Ouf ! Encore une chance. J'emprunte à pas de loup sur le petit chemin qui conduit à la maison quand une femme, portant du linge sur les bras, déboule dans mon axe de vision. Merde. Je plonge derrière une haie, le cœur battant. Au passage, je me griffe le visage et les mains. Immobile, couchée sur le côté, je n'ose plus un mouvement. J'entends les pas de la femme sur le gravier qui se dirigent vers moi. M'a-t-elle aperçue ? Je ne crois pas. Elle aurait crié de surprise, il me semble. Merde de merde, elle se rapproche. Que vais-je devenir ? Comment expliquer ma présence, allongée dans les gravillons derrière ce massif ? Mon esprit tourne à cent à l'heure, sans qu'aucune idée plausible ne me vienne pour justifier le fait d'être là. Ma cervelle est en compote. Mon cœur est tellement accéléré que je l'entends battre jusque dans mes esgourdes. Je suis pétrifiée. Impossible de réfléchir. Je reste immobile. Je retiens mon souffle. J'entends les pas de la femme crisser sur le gravier. Elle s'approche. Je la sens. Je l'entends respirer. Merde. Mais qu'est-ce qu'elle fout, cette connasse ?

C'est à ce moment-là qu'une voix féminine se fait entendre de la maison.

— Marguerite, vous êtes là ? Nous avons besoin de vous pour allumer le feu. Pouvez-vous venir, je vous prie ?

— Tout de suite, Madame, j'ai préparé le petit bois et les bûches dans la cheminée. Je suis là dans une minute. C'est d'ailleurs l'heure du thé.

Ouf! Je l'ai échappé belle. Une bénédiction, cette autre bonne femme! Sans elle, j'étais découverte, piteuse, honteuse, foutue, cuite...

Après que la porte est refermée sur la prénommée Marguerite, je n'ai qu'une envie : déguerpir au plus vite, prendre mes jambes à mon cou pour fuir cette maison de malheur. Je me redresse péniblement tant les écorchures me font souffrir. Mon bras droit, ma jambe droite sont endoloris et ankylosés. Ma main gauche saigne. Je réussis avec force grimaces à m'accroupir derrière la haie pour jeter un coup d'œil entre les branchages. Personne ne rôde plus dans les parages. Vite. Fuyons. Sur la pointe des pieds, mais à la vitesse de la lumière, je retourne vers le portillon, compose rapido le numéro du code, pousse le battant, le referme. Épuisée, je m'adosse un instant contre le mur pour reprendre mon souffle. Je suis certaine que personne ne m'a vue. Vite... Le seul havre de paix qui me reste pour ce soir est la Smart.

Chapitre 13

Michel-Marie de la Motte est très agacé. Le voyage inopiné de sa femme en Provence contrarie le programme qu'il s'était fixé. Encore une lubie ! Partir en plein mois de novembre en Provence, là où Bérangère refuse avec une obstination renouvelée de séjourner l'été ! Michel-Marie a toujours trouvé sa femme délicieusement dépourvue de discernement. Non seulement elle ne comprend rien aux responsabilités qui incombent à son mari ni aux enjeux qui se jouent dans ses entreprises, mais elle est toujours ailleurs, dans des rêves de star, dans des nuages scintillants, dans un déni phénoménal de la réalité.

Ce côté femme enfant le séduit et l'irrite en même temps. Charme, beauté et fantaisie en une seule femme, voilà le prodigieux mélange qui, la plupart du temps, le distrait, l'enchante et adoucit les heurts de sa rude vie professionnelle.

Mais voilà. En ce moment, sa carrière est en jeu. Michel-Marie est préoccupé. Une équipe de conseillers se constitue autour du président de la République et Michel-Marie a été sollicité pour en faire partie. Il incarne en effet, avec quelques autres, le type de patron dynamique à la tête d'une affaire florissante et − il faut bien le dire − il rend de nombreux services à cette présidence en sous-main. Le Président lui rend donc, en quelque sorte, la monnaie de sa pièce.

Redonner des paillettes à l'image des politiques, passablement affadie depuis des lustres, n'est pas pour lui déplaire. Cette proposition présidentielle a tout pour charmer ce fonceur ambitieux, alliant un ego fort à un esprit pragmatique. Les premiers temps, il ferait partie des plus proches conseillers. Ensuite… Eh bien, ensuite, la porte serait grandement ouverte sur d'autres perspectives. Qui sait ce que l'avenir lui réserve ?

Michel-Marie, dans son loft parisien, est seul. Il fait nuit. Le dernier domestique a pris congé depuis longtemps. Il se dirige vers le meuble encastré qui contient les alcools forts et se sert une rasade de whisky avant de s'affaler dans le canapé du salon. Michel-Marie gamberge. Refuser un poste aussi prestigieux est impensable. Sa réputation d'héritier favorisé lui colle à la peau depuis qu'il est enfant. Démontrer au Président ses facultés d'analyse et se rendre indispensable à ses côtés est un défi qu'il entend relever. Sous les effluves du whisky, sa décision, peu à peu, prend corps. Il ne fait aucun doute qu'il va accepter...

Bérangère, comme à son habitude, sera aux anges et applaudira des deux mains. La perspective de mondanités politiques auxquelles elle n'est guère accoutumée éveillera son désir de séduire et de mettre en scène sa beauté ailleurs que devant les célébrités éphémères du show-biz dont il voit bien qu'elle finit par se lasser.

Pour ce qui est de l'intendance de la maison, Michel-Marie est très soucieux. Depuis quelque temps, Marguerite Grommel lui pose problème. Pourquoi ? Eh bien, c'est simple. Depuis quelques mois, le comportement de Marguerite a changé. Pour une raison qu'il ignore, certains agissements inhabituels de son intendante ont, en effet, attiré son attention. Le travail qu'elle exécute à l'ordinaire tambour battant traîne en longueur... Or, Michel-Marie l'a constaté à maintes reprises, cette façon de finasser n'apparaît que lorsqu'il s'agit d'effectuer le service en présence de visiteurs professionnels. Que ce soit pour un repas, un apéritif ou une tasse de café, le service devient interminable, alors qu'au quotidien il est toujours aussi vite expédié.

Son opinion est maintenant presque faite. Pour une raison qui reste à éclaircir, Marguerite Grommel l'espionne. Comment Michel-Marie en est venu à douter de cette femme respectable ? Il ne sait pas. Depuis des lustres, son dévouement et son efficacité font l'admiration de tous. Il aurait mis sa main au feu que cette femme lui resterait fidèle à vie. Il faut bien se rendre à l'évidence, ce n'est plus le cas. Il était simplement perplexe au départ, mais le poison du doute s'est insinué dans son esprit jusqu'à l'obséder chaque jour davantage.

Lui qui n'a jamais prêté attention aux domestiques s'est pris, depuis quelque temps, à espionner Marguerite, à noter ses heures de départ et d'arrivée, ses absences, ses tergiversations. Son soupçon s'est aggravé lorsqu'il a constaté que – non contente de ralentir le service lors des rendez-vous d'affaires – son intendante, si mutique à l'ordinaire, s'est mise à bavarder avec ses hôtes. Avec un timbre de voix nonchalant et sucré qui a le don de l'horripiler chaque fois qu'elle ouvre la bouche. Que lui arrive-t-il donc ? A-t-elle une idée derrière la tête ? Désire-t-elle les charmer pour pénétrer dans leur intimité ? Se rendre intéressante ?

Et s'il se trompait ? Si tout ceci n'était que le fruit de son imagination ? Comment s'y prendre pour en avoir le cœur net sans rien laisser paraître ? Sous quel prétexte éloigner de la maison une femme exemplaire à tous égards ? Aucun reproche tangible ne peut lui être fait. Il faut qu'il trouve quelque chose, mais quoi ? Le désarroi de Michel est d'autant plus grave qu'il sait Marguerite irremplaçable et qu'il ne peut partager sa découverte avec personne. Bérangère ne comprendrait rien et se dépêcherait de tout conter par le menu à sa copine, voire à Marguerite elle-même, pour tenter de mettre les choses au clair à sa façon.

Pour couronner le tout, sa femme – dans un des caprices dont elle a le secret – a décidé d'embarquer Marguerite dans son épopée provençale, coupant net toutes les investigations qu'il avait prévu de réaliser sur le personnage. Impossible d'aller à l'encontre de la décision de Bérangère sans éveiller, à son tour, les soupçons. Tout compte fait, ce contretemps l'arrange. N'ayant dans les pieds ni l'une ni l'autre, pour deux ou trois semaines, il aura au moins le loisir de mener les choses à sa guise. En gros, faire des recherches, mener des investigations au sein de la maison et trouver, *in fine*, un moyen concret et indiscutable de la licencier.

Chapitre 14

Je cours comme une dératée vers la voiture. Chaque foulée me balance dans le corps une douleur pas croyable. Cette chute m'a ébranlée. Êtes-vous déjà tombé en ski en pleine vitesse ? Moi oui. C'est comme un séisme, à la limite du supportable. Là, même topo. Le choc a retenti jusqu'au tréfonds de moi. Pourvu que je n'aie pas rompu un truc à l'intérieur, la rate, le foie ! Je vous vois sourire en coin comme si je racontais des bobards. C'est la stricte vérité. J'ai vu une émission médicale à la télé. On croit que le mec, après le choc, il a rien et en fait, ça saigne dedans et même aux Urgences, parfois les docteurs, ils ratent le truc.

Comme ça me fait un mal de chien et que j'ai une trouille verte, je n'ai qu'une hâte, à présent, c'est de rejoindre la bagnole et de m'y allonger. Quand je dis allonger, c'est un grand mot. Elle est ridicule, cette voiture. À peine la place de s'y asseoir pour conduire ! On doit pouvoir gagner trois degrés d'inclinaison du siège au grand max. Vite ! Vite ! J'appuie sur le plastique de la clé de contact. La voiture clignote en orange de tous les côtés, j'ouvre la portière et je m'affale sur le siège comme une malade.

Ouf ! Me voilà à l'abri des regards. Je souffle comme un phoque. J'ai mal partout. Je suis épuisée. Le sang coule de mes égratignures. Les mains me brûlent. En fait, j'ai plongé par terre comme un joueur de rugby pas préparé. Un plongeon effrayé d'au moins deux mètres. Comme je ne suis pas Seb Chabal – vous savez, le grand barbu –, ça s'est très très mal passé. Je me suis pas bien reçue. Les pierres et les branchages au sol n'ont rien arrangé. Leurs aspérités pointues sont rentrées dans le tendre de ma chair. Un vrai carnage.

En plus, maintenant, j'ai peur que quelque occupant des *Lavandes* me surprenne ensanglantée au volant de la Smart que je leur ai volée. Je dois la déplacer en urgence plus loin et la cacher dans un lieu où personne n'aura l'idée d'aller la chercher.

Un quart d'heure plus tard – temps qu'il me faut pour calmer mon souffle –, je démarre, bien que la ceinture de sécurité me scie le thorax et la hanche droite. Impossible pourtant de reculer. L'endroit est trop proche des *Lavandes* et, dans l'état où je me trouve, j'ai trop besoin d'une planque.

Me voilà dans la campagne. La nuit commence à tomber et j'allume les phares. Tant mieux, dans le fond. J'ai l'impression qu'on me voit moins. Je roule lentement en quête d'un abri. Trop lentement, sans doute, au goût d'un conducteur exaspéré qui klaxonne comme un malade et me double en me jetant un œil furibard. Dont acte. Il faut que j'accélère, sinon je vais créer un bouchon sur la départementale. C'est pas franchement le moment.

Difficile pour moi d'aller vite en surveillant les bas-côtés de la route dans la pénombre du soir. Je suis sûre que vous n'avez jamais vécu un truc pareil. Moi, oui. Et je vous garantis que c'est pas de la tarte.

Tout à coup, je repère sur la droite une sorte de hangar rectangulaire sans lumière. La pancarte flanquée au coin du chemin indique : « La taverne d'Ali Baba, pizzeria, chambres, w.-c., eau courante ». Pas franchement le genre de piaule de luxe. Personne ne me colle le cul. Aucune voiture en vue derrière moi. Je mets mon cligno et je m'engage dans le chemin d'accès de l'hôtel. Comme la pancarte est de traviole et à moitié effacée par le temps, j'imagine qu'il doit être fermé depuis belle lurette. En m'approchant de la maison, l'impression se confirme. Les volets sont délabrés, certaines vitres sont cassées et la porte d'accès est bloquée par des parpaings de béton.

Voilà donc un coin où je risque pas de me faire alpaguer par Pippa and Cie. Par précaution – chat échaudé… –, j'éteins les phares. Je ne tiens pas à me faire repérer de la route ni par un clodo qui squatte ce bouge abandonné. Je file à toute vitesse sur l'arrière du bâtiment qui, fort heureusement, est entouré de champs. Pas une seule maison alentour. Bon. Me voilà quelque peu rassurée. Je fais marche arrière pour revenir sur le côté gauche où j'ai aperçu un parking mis à la disposition des clients. Par chance, ce parking est un genre de préau couvert et fermé sur les deux côtés. De la sorte, ma bagnole garée au plus près du mur sera invisible de la route.

Courageusement, je m'extirpe de mon siège pour me faire une idée des « commodités » qui, par le plus grand des hasards, seraient susceptibles de me rendre service. Éclairée par la lumière de mon portable – que j'ai pris soin de recharger sur l'allume-cigare, bien qu'il n'ait plus de carte SIM –, j'inspecte les lieux. Là aussi, pour l'instant rien ne bouge. Toujours méfiante, l'angoisse au ventre, je pousse de l'épaule une porte déjà passablement défoncée. Dans un raffut pas possible, elle s'ouvre. Malgré l'obscurité, je distingue une grande salle entièrement vide de mobilier, mais pleine de tôles, de vieux parpaings, de cartons, de tuiles.

À l'étage, où je m'aventure avec moult précautions, même topo. Autant que je puisse voir, les pièces sont vides de mobilier et d'occupants. Un long couloir postérieur dans lequel j'avance avec prudence en regardant le sol, grâce à ma torche, de peur qu'il s'affaisse sous mes pieds. En façade, une dizaine de chambres. Rien n'attire mon attention. Rien qui me menace. Rien, non plus, qui puisse m'aider. Je ressors en prenant soin de ne pas toucher la porte. Vous trouvez sans doute ridicule que je songe à mes empreintes dans ce machin pourri et délabré. Vous aurez raison. Avec toute cette histoire, je suis devenue parano.

Une fois dehors, et alors que je me dirige vers la Smart, j'aperçois un vieux tuyau d'arrosage enroulé sous un robinet encastré dans le mur. Et si je l'ouvrais ? Si, par miracle, l'eau coulait ? Ça arrive, les miracles. Tout juste. Le robinet ouvert commence par crachoter une eau saumâtre que je dirige vers le champ voisin pour ne pas patauger.

Tant pis pour les empreintes. Pendant dix minutes, je regarde l'eau couler. Je poireaute jusqu'à obtenir une eau limpide que je confirme à la lumière de la torche. Ils ont oublié de couper l'eau, je me dis. Quelle aubaine pour me laver le corps et les plaies ! Bizarre, quand même, cet oubli ! Vous ne trouvez pas ? Moi, si. Remarquez, c'est pas les notes d'eau qui ont dû grever le budget de l'ancien proprio. À part moi, ce soir, l'eau n'a plus coulé depuis belle lurette. En boitillant, je file vers la Smart chercher mon sac de voyage, récupérer un gant, une serviette, ma trousse de toilette et des vêtements propres.

Se doucher au début de l'hiver à l'eau froide, en pleine nuit et à la belle étoile, je vous garantis que c'est coton. Après m'être savonnée, rincée, épongée et pansée – j'ai toujours des sparadraps avec moi –, j'enfile des vêtements neufs, deux chandails, une veste, une écharpe et mon gros manteau. Je remets le tuyau à sa place primitive et retourne à la voiture. Je m'assois… L'eau du tuyau m'a frigorifiée. Je suis tellement glacée que, malgré l'épaisseur accumulée de vêtements, je grelotte.

Bien que le froid congèle aussi ma cervelle, trois idées judicieuses me traversent l'esprit. Faire tourner le moteur pour avoir le chauffage – fort heureusement, j'ai fait le plein en arrivant dans le Midi –, manger les biscuits qui me restent et ouvrir la mini-bouteille de Chartreuse que j'ai amenée au cas où j'aurais besoin de me soutenir le moral. Bien m'en a pris. Entre le chauffage et l'alcool, mon corps se réchauffe. En dépit de ma position inconfortable dans la voiture, je suis presque bien.

Quel fiasco, tout de même, cette expédition ! Tout a foiré. Mon projet s'est cassé la gueule lamentablement. Je me suis fourré le doigt dans l'œil jusqu'au fond de l'orbite. Je me suis embarquée dans une galère pas possible. À vouloir mener en bateau tout le monde, j'ai poussé le bouchon trop loin. Pas étonnant que tout me soit retombé sur le pif. Je me suis plantée en voulant faire ma maligne. Je me suis pris la tête pendant un mois pour monter une affaire bidon. C'est bien fait. C'était couru d'avance. Je me suis aventurée dans une histoire grotesque. Je me suis rengorgée avec des exploits parfaitement nuls. Je me revois jouer la comédie du sac avec mon bonnet sur la tête et mes lunettes de myope. Je me revois faire la fortiche en demandant le numéro de code du portail au voisin sous prétexte que j'allais m'acheter une voiture. Oui, je suis ridicule. Risible. La seule chose qui m'empêche de beugler de rage, c'est la perspective de vous raconter mes déboires. Heureusement que je suis seule, avec vous, à être au courant de l'étendue de ma connerie.

Je suis mal barrée… Que vais-je devenir ? Clocharde ? Impossible. Ce serait la fin des haricots. Mon avenir est bouché. Je suis finie. Délabrée. Définitivement inapte. Je n'ai pas de passé, pas d'avenir et un présent des plus grotesques. Le rouge me monte au front et je me sens coupable. Si ma mère me voyait ! Je n'ai plus qu'à m'abonner à *viedemerde.com*. Vous connaissez pas ? C'est un site qui a fait fureur et qui continue à faire le buzz. Tous ceux qui ont une vie merdique s'inscrivent et racontent leurs emmerdes. Allez-y, un soir de cafard. Après, vous vous sentez moins seul.

En plus, je risque gros. Si quelque chose tourne mal dans les affaires mafieuses de Michel-Marie, je serai dans de sales draps. Et si la police suit ma trace – comme les affaires de la Mafia sont toujours prises au sérieux –, les détectives finiront par retrouver leur proie. Jusqu'à nouvel ordre et à ma connaissance, personne ne pense à moi. Encore faut-il que du côté de la famille de la Motte, rien ne vienne interférer avec ma propre vie. Faut tout de même pas oublier que j'ai volé leur voiture, avec un sac dedans, fabriqué des papiers et des plaques bidon, pénétré dans un jardin sans autorisation et fait un copier-coller d'une clé qui à cette heure doit valoir une petite fortune. Il y a du grain à moudre et de quoi me coffrer, non ? Bien que je pense n'avoir laissé aucune trace, force est de constater que l'imprévu vous saute à la gorge au moment où vous vous y attendez le moins. On croit avoir la maîtrise et patatras, un grain de sable vient gripper le circuit.

Au fait, avec tout ce chambardement, j'ai oublié d'enlever la carte

USB de la poche de mes vêtements souillés pour la mettre dans mes vêtements propres. Vous voyez le truc ? C'est bien ce que je vous disais. On croit avoir réglé les choses au quart de poil et un bazar inattendu vient chambouler ce que vous aviez prévu. C'est exactement ce qui vient de se passer. Certaine de déplacer la carte à chaque lavage en machine, ce coup-ci, privée de machine, ça m'est sorti de la tête. Bilan des courses : la carte est restée dans mon jean sale. Conclusion : il faut que je sorte la carte illico presto de la poche arrière de mon jean crado et que je la mette dans le propre.

Je prends mon pantalon que j'ai jeté dans la minuscule partie arrière et fouille la poche droite. Merde de merde. La poche a été arrachée à moitié et la carte a disparu ! Vous savez pas où elle est ? Moi, si. Dans le jardin des *Lavandes*, derrière la haie où je me suis planquée. Sans que je sente rien, une branche a déchiré la poche et la carte s'est fait la malle tranquillou. À l'heure actuelle, elle doit se trouver sur le sol au milieu des feuillages. Alors là, c'est l'hyper grosse tuile. La méga-panique. Le pompon. À moins qu'elle ne soit tombée a posteriori sur le chemin de retour, dans le taudis abandonné que je viens de visiter ou dans un coin de la voiture.

Il fait très noir, à présent, et très froid. Je n'ai pas le courage de bouger un seul doigt. Je verrai ça demain... Demain... C'en est trop... Il faut que j'essaie de dormir... malgré toutes mes emmerdes, le peu de place dans la voiture et, par-dessus le marché, le froid.

Chapitre 15

Voilà plusieurs jours que Marguerite est installée avec sa patronne, madame Bérangère de la Motte, dans sa demeure provençale des *Lavandes*. Irritée par ce séjour saugrenu qui retarde ses investigations sur les activités de Monsieur, Marguerite est d'humeur chagrine. Encore un caprice de sa maîtresse à un moment crucial ! Depuis qu'elle la connaît, Madame a toujours eu le chic pour lui mettre les nerfs en pelote dans les circonstances les moins opportunes.

Son animosité envers sa patronne vient de loin et n'est compréhensible qu'au travers de la personnalité propre de Marguerite. Car Madame est tout sauf désagréable avec elle. Madame est bienveillante. Madame est attentive. Madame est courtoise. Madame ne hausse jamais le ton.

Mais, en secret, Marguerite est jalouse de Madame. Son éblouissante beauté, rehaussée par les artifices de la mode, l'indispose. Dotée d'un physique moyen, pour ne pas dire ingrat, Marguerite souffre de vivre aux côtés de cette femme digne de faire toutes les Unes de *Vogue*. Elle souffre d'être moche et terne… D'être petite et dodue. D'avoir des cheveux rêches. D'avoir la peau du visage épaisse. Marguerite souffre de tout. De l'armada de coiffeurs, couturiers, et joailliers qui s'affairent autour de sa maîtresse. Elle souffre de son rire langoureux. De ses regards enjôleurs. De son pouvoir de séduction. De sa richesse. De sa jeunesse. De sa chance.

Pour couronner le tout, Madame n'a aucun sens de la hiérarchie domestique. Comme elle ne semble pas connaître la position éminente de Marguerite au sein de la maison, elle la dérange en permanence dans son travail quotidien pour des tâches ménagères qui ne sont pas de son ressort. « *Marguerite, voulez-vous bien couper les tiges des fleurs ? Marguerite, pouvez-vous déposer une bouteille d'eau minérale sur ma table de nuit ? Marguerite, dès que vous avez un moment...* » Marguerite est horripilée. Marguerite aime l'ordre, le roulement huilé de l'exercice pour lequel elle est missionnée et elle supporte mal de vaquer à des tâches qui, de surcroît, réduisent sa position hiérarchique à néant.

Les seules choses qui ne la tracassent plus, ce sont les incessants changements de cap de Madame. Avec le temps, Marguerite a fini par comprendre que ceux-ci avaient peu de chance d'aboutir sur des choses concrètes qui viendraient interférer avec sa propre vie. Madame, en effet, passe du coq à l'âne avec une désinvolture stupéfiante. Un projet, aussitôt formulé, est vite chassé par quelque autre préoccupation futile qui l'enthousiasme tout autant que la précédente. Marguerite a donc pris pour habitude de ne guère prendre ses toquades d'un jour au sérieux.

Aussi, quand elle a entendu madame Bérangère proposer à son amie Charlotte de faire un séjour en Provence, Marguerite, qui était présente dans la pièce, a cru à un énième caprice qui tomberait aussi vite que les autres dans l'oubli. Hélas ! Point du tout. Avec la complicité bienveillante de son mari, pas fâché de voir son épouse s'éloigner quelque temps, le projet a pris corps.

Voilà maintenant Marguerite loin de tout, obligée d'accomplir des besognes qui ne sont pas de son rang, faute d'un personnel suffisant dans la maison de campagne provençale. Corvée de bois, placement du linge, service de la cuisine, rien de tout cela ne fait partie de ses fonctions habituelles. Agacée par la tournure des événements, elle a été contrainte, par-dessus le marché, de remettre à sa place, pas plus tard qu'hier, le jardinier. Celui-ci, rustique et peu au fait des mœurs de l'aristocratie ancillaire, s'est adressé à elle comme si elle était la dernière des boniches. Furieuse d'être tutoyée et appelée par son prénom par ce rustre, Marguerite lui a répondu d'un ton si sec que l'homme, impressionné, s'est empressé de lui présenter ses excuses.

Il semble, depuis, avoir compris la leçon et se le tenir pour dit. Ce matin, alors qu'elle sortait de la maison pour aérer le linge de la nuit, Antonin – c'est son prénom – tape à la porte qui donne sur l'arrière. Tête basse et regard fuyant, craignant sans doute quelque nouvelle altercation, il remet à Marguerite en main propre – c'est l'expression qu'il choisit d'utiliser – une petite carte à l'enseigne de Décathlon.

Malgré ses explications confuses et embarrassées, Marguerite comprend que c'est en ratissant derrière un buisson qu'Antonin a trouvé la carte et qu'il mettrait sa main au feu qu'elle a été perdue récemment, car la semaine précédente, elle ne s'y trouvait pas. Pour lui, cette carte appartient aux propriétaires de la maison qui ont dû l'égarer lors de leurs promenades dans le jardin. Ce qui est dommage pour eux, car, sans ladite carte, ils ne pourront plus bénéficier de réductions chez Décathlon. Marguerite remercie poliment Antonin, qu'elle trouve d'une naïveté confondante. Que ne l'a-t-il gardée pour lui ? Il en aurait fait meilleur usage que Madame, le pauvre bougre.

Chapitre 16

Une fois les femmes parties à la campagne, Michel-Marie pousse un soupir de soulagement. Entre sa femme qui n'a guère de tête et son intendante qui en a trop, il ne sait plus où donner de la sienne. Aujourd'hui, il s'est octroyé un après-midi de détente pour faire le point.

Sa femme ne lui donne pas de réel souci. Fantasque et sans le moindre sens des responsabilités, on peut dire qu'elle fait vraiment n'importe quoi. Elle ne calcule rien. Ne s'occupe de rien. Ne prend aucune décision, sauf celle de mener la vie la plus futile possible. Michel-Marie n'a aucune difficulté à lire dans les pensées de son épouse, toute idée lui traversant la cervelle étant immédiatement traduite en mots. Le monde entier est au courant de ses petites affaires. Comme l'avait très bien vu Madame sa mère, Bérangère est Saint-Jean Bouche d'or... Spontanée, sans véritable frein pour verbaliser sa pensée, elle laisse tout sortir tel quel, de sorte qu'elle est capable de balancer aux autres, lorsqu'elle est contrariée, des vérités qui ne sont pas toujours bonnes à dire. Ces phénomènes se produisent par exemple chez le coiffeur, si elle n'est pas satisfaite du service, au volant si quelqu'un lui fait une queue de poisson ou au ski, lorsqu'un skieur impétueux lui coupe soudainement la route. Bref, quand elle n'a aucune maîtrise de l'entourage.

Fort heureusement, au sein de la maisonnée, son époux s'efforce de détecter rapidement les personnels susceptibles de ne pas la satisfaire pleinement. Aussitôt qu'il les a repérés, il fait en sorte de s'en séparer ou de les affecter à des tâches qui ne nécessitent que peu de contacts avec elle. Bérangère est donc servie comme une princesse par un ballet si bien organisé que Michel-Marie n'entend jamais aucun éclat de voix.

Grâce aux soins qu'il lui prodigue comme si elle était une fleur de serre, Bérangère est si bien gérée qu'elle ne lui cause aucun désagrément. Amoureux de son corps et amusé par sa candeur, Michel-Marie est fier de lire dans les yeux d'autrui qu'il promène à son bras une créature belle comme le jour et charmante de surcroît.

Son souci actuel, c'est Marguerite. Michel-Marie a toujours su qu'il avait, en elle, affaire à forte partie. Remarquablement intelligente, rusée et efficace, Marguerite Grommel représente l'exact opposé de sa femme. Calculatrice, envieuse et indispensable, un brin obséquieuse avec les supérieurs et tranchante avec ceux qu'elle domine, Marguerite offre à Michel-Marie un visage si froid qu'il s'en est toujours méfié. Jusqu'à présent, il n'avait jamais constaté de faille dans son comportement professionnel. Aujourd'hui, oui.

Michel-Marie est presque certain qu'il se passe quelque chose et il n'a aucune envie que cette femme fourre son nez dans ses affaires. Marguerite a le don de flairer les ambiances et sa perspicacité peut faire capoter ses projets. Son absence inattendue, voulue par Bérangère – qui, pour cela, a presque tapé des pieds –, arrange considérablement le plan qu'il avait en tête. Il a maintenant quinze bons jours pour faire la lumière sur les activités de son intendante.

Bien décidé à la prendre sur le fait, Michel-Marie réfléchit. Que faire ? Par où commencer ? La maison est si grande ! Impossible d'interroger un quelconque membre du personnel. Marguerite aurait tôt fait d'avoir la puce à l'oreille et de le faire parler. Non. Il lui faut agir autrement.

Et s'il pénétrait dans son studio pour mener sa petite enquête ? Il est chez lui, après tout, et il se souvient parfaitement de l'endroit où se trouve le double des clés du personnel. Dans le petit placard de l'office. Madame sa mère, lui en a fait la confidence, il y a fort longtemps, pour le cas où un feu se déclarerait ou si quelqu'un était amené à faire quelque malaise.

Comment récupérer cette clé sans éveiller l'attention ? Michel-Marie compose le numéro de l'office et demande à la personne présente de lui apporter une tasse de thé au salon. La jeune femme, qu'il n'a vue qu'une fois, sert le thé en silence et s'apprête à prendre congé lorsque Monsieur lui demande :

— Pouvez-vous me rappeler votre prénom ?

— Aurélie, répond la jeune femme en rougissant.

— Et vous vous plaisez au sein de cette maison ?

— Oui, Monsieur, beaucoup.

— Votre travail vous plaît-il ? N'est-ce pas trop lourd ?

— Oh non, Monsieur, tout va bien.

— Êtes-vous seule à l'assumer ?

— Aujourd'hui, oui, Monsieur.

— Et pourquoi donc ?

— Catherine est en congé et j'assure donc seule le service.

— Eh bien, je suis très heureux de vous connaître davantage. Voulez-vous me rendre un petit service, Aurélie ? Je me rends compte que je suis à court de cigares. Vous est-il possible de sortir pour en acheter ? Il y a un bar-tabac au coin de l'avenue.

— Bien sûr, Monsieur.

— Voilà cinquante euros. Je pense que cela sera suffisant. Demandez une boîte de cigarillos Davidoff.

— Bien, Monsieur, à votre service. J'y vais tout de suite.

Après s'être assuré par la fenêtre de la salle à manger que la petite se trouve bien dans la rue, Michel-Marie descend l'escalier sans rencontrer âme qui vive. Il se rend à l'office et récupère la clé en question, marquée au nom de Marguerite. Fort heureusement, toutes les clés sont notées et numérotées par étage. Michel-Marie remonte boire son thé, certain que personne ne l'a remarqué. Aurélie revient, quelques minutes plus tard, lui tend la boîte de cigares ainsi que la monnaie.

— Gardez tout. Vous pouvez maintenant disposer, dit Michel-Marie.

Après une inclinaison respectueuse de la tête, Aurélie retourne vaquer à ses occupations.

Clés en main, Michel-Marie se dirige vers le couloir qui donne accès au studio de Marguerite. Aucune chambre ne donne sur ce long couloir qui n'est bordé que de placards de rangements. Michel-Marie est donc certain de n'y rencontrer personne. Il introduit la clé dans la serrure, où elle tourne aisément. Il pousse la porte. À sa grande surprise, celle-ci résiste et ne s'ouvre pas, malgré une pression très appuyée de son épaule.

Merde ! Que se passe-t-il ? Michel est désarçonné. Il n'a aucun souvenir d'un système de clés multiples. Il est même certain que ce studio – dans lequel il dormait parfois, du temps de sa jeunesse, en raison de sa proximité avec le jardin – n'a toujours eu qu'une serrure. Marguerite, n'ayant pas souhaité que l'on remette au goût du jour son appartement au motif qu'elle voulait en garder l'esprit traditionnel, a donc pris l'initiative de se barricader au sein de sa propre maison. Noyé dans le tapage des travaux de réfection des autres parties, le bruit minime occasionné par la pose de ces verrous est donc passé inaperçu. Ah, la garce, grommelle Michel-Marie dans sa barbe. Elle a su choisir son moment. C'est donc bien qu'elle souhaite cacher quelque chose.

Pris par le temps et le soir qui tombe, Michel-Marie annule ses rendez-vous du matin suivant afin de poursuivre son enquête par le jardin. Autant battre le fer tant qu'il est chaud. À la première heure, le lendemain, le voilà dans les allées où il aime se promener lorsqu'il a besoin d'être seul pour réfléchir. La marche lui fait du bien. Enroulé dans une veste fourrée de laine, il parcourt de long en large les chemins en serrant au plus près le côté de la maison qui l'intéresse. Il passe à plusieurs reprises devant le parterre engazonné qui donne accès à la baie vitrée de Marguerite. Naturellement, le volet roulant de la chambre est tiré vers le bas. Impossible de pénétrer dans son antre.

Dépité, Michel-Marie marche d'un pas vif à la recherche d'une solution. Rien ne lui venant à l'esprit, il retourne sur ses pas et examine avec le plus grand soin la façade. C'est alors qu'il aperçoit, juste au-dessus de la baie en question, une lucarne en forme d'œil-de-bœuf dont il avait presque oublié l'existence. Il est certain que cette pièce est une salle de bains.

Ragaillardi par sa découverte, Michel-Marie monte un escalier désaffecté, s'engage dans un dédale de couloirs dans lesquels il se souvient avoir joué enfant. Cette partie de la maison n'a pas encore été rénovée et se trouve à l'heure actuelle vide d'occupants. Rien de plus facile alors pour lui que d'ouvrir les robinets du lavabo tout en fermant le bouchon de vidange. Satisfait de sa prestation, il quitte peu après sa demeure pour rejoindre son bureau, dans l'attente d'être mis au courant du dégât provoqué par ses soins.

Ce qui devait arriver arrive. L'eau, après avoir infiltré le plafond de la salle d'eau, traverse le plafond du studio de l'intendante, filtre sous sa porte, franchit le couloir avant d'inonder l'escalier et le hall attenant. En l'absence de Marguerite, c'est le maître d'hôtel qui prend la direction des opérations, localise l'origine de la fuite et dépêche sur place, avec l'accord de son maître, un serrurier. La chambre de madame Grommel est donc ouverte, épongée et aérée, à la grande satisfaction de Michel-Marie qui remercie le maître d'hôtel pour son initiative et l'informe qu'il tient à aller en personne, dès le lendemain, se rendre compte des dégâts.

Dès son entrée dans le studio, il jette un regard circulaire à la recherche d'un détail qui pourrait attirer l'attention. Rien de probant. Comme le lui a indiqué le maître d'hôtel, le lit a été débarrassé de sa literie. Le matelas est humide. Le reste de la chambre est intact, la majorité de l'eau ayant coulé au centre de la pièce. Seul le bureau, sur lequel des papiers ont été éparpillés en vue de les faire sécher, a été fortement éclaboussé. L'ordinateur semble ne pas avoir souffert. En y promenant les doigts, il constate que le clavier est parfaitement sec.

Michel-Marie allume la machine dans l'espoir d'y dégoter un élément susceptible de l'intéresser.

Après quelques minutes, l'ordinateur réclame un mot de passe.

Zut, rien à espérer de ce côté. C'est en ouvrant le tiroir du bureau qui a été légèrement mouillé qu'il trouve ce qu'il cherchait. Un magnétophone de petite taille, enfoui sous une épaisse couche de dossiers.

Chapitre 17

Ouf ! Enfin le jour... Je n'ai pas fermé l'œil de la nuit. Entre les courbatures dues au siège, les douleurs lancinantes sur le côté et les brûlures de mes mains, je suis fracassée. En plus, je sais qu'une montagne d'emmerdements se profile devant moi. D'abord, il faut que je retrouve coûte que coûte cette foutue carte. Si elle est ni dans la bagnole, ni aux alentours d'Ali Baba, il me faudra retourner sur mes pas vers la maison des *Lavandes*. Et ça, vous imaginez bien que ça me fout drôlement les foies.

La suite, j'ose pas y penser. Je dois dégager d'ici. En vitesse. Ça, c'est sûr. L'endroit est trop risqué et la Smart, trop voyante. D'ailleurs, je vais m'en séparer, de cette Smart. Je peux plus la blairer. Non seulement elle m'insupporte, mais avec ses plaques bidon, une fausse assurance et le pot que j'ai, je sens que ça va mal tourner.

Où je vais aller ? Je ne sais pas. Sans travail, sans piaule et avec un pognon presque égal à zéro, mon avenir est singulièrement bouché. En plus, avec cette histoire de clé USB perdue, pas moyen de réfléchir à autre chose. Je suis tellement accaparée par cette carte, qui par-dessus le marché porte mes empreintes, qu'il m'est impossible de voir plus loin que le bout de mon nez.

Bon. Maintenant, faut y aller. Plus possible de tergiverser. Avec des grimaces pas possibles tellement j'ai mal, je m'extirpe de la voiture et entreprends de la fouiller de fond en comble. Rien. Absolument rien. J'ai beau tout reluquer, sur les sièges, dessous, à côté, sous les tapis de sol, y compris le fond de ma valise (où j'étais pourtant sûre de rien trouver), pas un poil de carte visible à l'horizon. Autour et dans la taverne, rien non plus. Je vous passe les détails. Merde alors !

Il ne me reste plus qu'à replacer la Smart à l'endroit où je l'avais garée et refaire le chemin à l'envers. Pourquoi je fais tout ça ? Je vous l'ai dit. C'est à cause des empreintes. J'en ai une peur bleue. Une trouille verte. La carte, en elle-même, je m'en fous. Son contenu, je m'en contrefous. Croyez-vous qu'avec tous les pépins que j'ai eus, je vais me lancer dans une aventure de chantage à la clé USB qui contient des trucs compromettants ? Pas du tout. La plaisanterie, ça suffit. J'ai assez fait de conneries. Un peu, ça va. Là, j'arrête. Je récupère la carte et je la balance au fond d'un lac ou mieux je la brûle et la regarde se calciner avec plaisir. Le pied. J'en peux plus de cette carte. Vous comprenez ?

Bon. Je dis au revoir à la piaule d'Ali Baba – qui m'a quand même rendu un fier service – et je retourne prudemment me garer à l'endroit voulu, deux rues avant les *Lavandes*. Jusque-là, tout va bien. Dans quelques centaines de mètres, je serai fixée. Je m'extirpe à nouveau de la voiture, la referme et repars faire le trajet à l'envers, les yeux fixés au sol dans l'espoir d'y apercevoir le bout de plastique Décathlon. Au moins une plombe, il me faut, pour parcourir le trajet. Mais rien. Je trouve rien. Absolument rien. La carte est introuvable.

J'arrive au portillon arrière de la maison. Pas question que je me refasse le vol plané de Chabal. Les volets semblent fermés, mais peut-être que la mère Margot va me refoutre la trouille. Donc, prudence de Sioux. Cachée derrière le pilier du portillon, j'ai juste la tête qui dépasse. En me tordant le cou, j'arrive à voir le petit bosquet derrière lequel j'ai plongé comme un seul homme. Au sol, je reconnais les herbes que le poids de mon corps a, sans vergogne, écrasées. Mais, pas le moindre bout de carte. J'en suis sûre. Le bosquet est à trois mètres et je ne suis pas un poil bigleuse.

Je repars, bredouille et songeuse. Où a bien pu passer cette putain de carte ? Je l'avais bien sur moi, pourtant ! À aucun moment, je ne l'ai délogée de ma poche. Je ne suis sortie de la voiture pendant le voyage que pour faire pipi et prendre de l'essence. Impossible de l'avoir perdue là. La carte était trop bien enfoncée dans ma poche.

Qu'est-elle donc devenue ? La fameuse Marguerite s'est-elle doutée de quelque chose ? Alertée par le bruit de ma chute, est-elle retournée derrière la haie après avoir fait le feu de bois à sa patronne ? A-t-elle alors ramassé la carte ? C'est la seule explication plausible.

Que va faire la prénommée Marguerite de cette carte ? Probablement rien. Elle va penser qu'elle a été perdue par quelque jardinier et va la foutre à la poubelle. Je la vois mal deviner que c'est une clé USB et encore moins la fourrer dans un ordinateur pour voir ce qu'il y a dedans. Au pire, si elle se doute que c'est une clé, elle va la rapporter à sa patronne. Et si la patronne, c'est Pippa, alors là, ça sera le pompon.

La pauvre Pippa, elle va se perdre en conjectures. *Comment se fait-il que le contenu de mon briquet de joaillier se trouve dans une carte de chez Décathlon dans ma maison de campagne ?* Elle va plus en dormir et finira par en donner sa langue au chat. Elle peut pas trouver. À moins que la dame en question ne soit pas Pippa. Une amie, une locataire, sa cousine… Alors là, tout est possible.

Je n'ai pas la maîtrise de toutes ces éventuelles bonnes femmes. Je suis fatiguée. J'en ai plein le dos de cette histoire. Je vais m'éloigner, à Marseille par exemple, laisser la voiture ouverte dans un coin. Je suis sûre qu'un malfrat aura tôt fait de la chourer. C'est vrai que dedans, il y a mes empreintes. Des cheveux, du sang à moi, même. Bref, plein de mon ADN… Mais avec un peu de chance, les flics ne vont jamais retrouver cette voiture volée. Et s'ils la retrouvent… Mes empreintes, elles sont aussi sur la carte. Alors, on verra bien. Au point où j'en suis !

Chapitre 18

Marguerite Grommel entre dans la cuisine avec la carte Décathlon que lui a remise le jardinier. Irritée d'être bloquée dans ce mas contre sa volonté, elle a les nerfs à fleur de peau. Déphasée, privée de l'ambiance feutrée de l'hôtel particulier au sein duquel tout marche selon ses souhaits, Marguerite est véritablement à cran. Vivre dans une maison de maître où chaque chose a une place définie et où rien ne bouge lui a fait perdre le contact avec la réalité multiple, changeante et cruelle du monde moderne.

Qu'est-ce donc que ce truc ? « *Décathlon, à fond la forme !* ». Non, mais est-ce que les gens se rendent compte par quelles stupidités leur cerveau est irrigué ? se dit-elle. Marguerite a horreur de toute forme de publicité. Toutes celles qu'elle entrevoit à la télévision agressent sa sensibilité lustrée par le snobisme de sa caste. Aussi, ne trouve-t-elle rien d'aussi stupide que ces pubs. « *On se lève tous pour Danette !* » « *Un café nommé Désir...* »

Quand, de surcroît, la publicité ose poser ses sales pattes sur le sublime, Marguerite en est blessée jusque dans sa chair. Récemment, trois marques de voitures ont utilisé des *Requiem* de Mozart, de Verdi et de Fauré pour faire la réclame de leurs véhicules à la télévision. Une honte. Un sacrilège. Et chose remarquable, dans ce monde où n'importe qui crie au scandale pour la moindre chose, dans le cas des *Requiem* bafoués, personne ne bouge. Personne ne s'insurge, sauf Marguerite qui râle et s'offusque, toujours seule, dans son coin.

Le monde moderne déplaît viscéralement à Marguerite. Et, chose curieuse, c'est la campagne, loin de tout, qui lui fait entrer les travers de la modernité, de force, dans la tête. Car Marguerite s'ennuie à la campagne. Un ennui prodigieux. Le travail trépidant qu'elle assure d'ordinaire dans l'hôtel particulier lui manque. Les journées n'en finissent plus. Dans cette maison, tout tourne au ralenti. Marguerite n'a rien à faire de ses jours. La nuit tombe vite, ouvrant sur des veillées interminables. Pour passer le temps, sans désir véritable, Marguerite regarde la télévision. Parfois, d'un œil distrait et avec l'autorisation de Madame, elle feuillette les magazines féminins que Bérangère de la Motte laisse traîner partout dans la maison.

Pfft… Comment sa patronne, marquise de la Motte mariée à l'héritier d'une dynastie qui descend des croisades, peut-elle s'intéresser à des niaiseries dignes d'une gourgandine : *« Doit-on parler à son psychiatre de ses orgasmes ? » « Les dix secrets pour séduire un homme qui ne vous regarde pas… » « Comment dire non à son enfant de 3 ans ? »*

Non, mais où va-t-on ? Le jardinier est un imbécile. Madame de la Motte également.

Il est 11 heures. Madame dort. Madame n'a toujours pas pris son petit-déjeuner. Elle doit se prélasser dans son lit. Et son amie, Charlotte, ne vaut guère mieux. Madame ne sait rien faire de ses dix doigts. Dans le temps, il y avait l'idiot du village qui cristallisait en lui toute l'imbécillité du lieu. Aujourd'hui, avec la télévision et les réseaux sociaux, l'idiotie a envahi toute la société, y compris l'aristocratique qui jusqu'alors semblait préservée. Le mal infiltré dans toutes les consciences devient planétaire…

Pfft… Pfft… Marguerite, envahie par un ressentiment qu'elle a contribué à faire monter, en veut à présent à la terre entière. De colère, elle jette la carte Décathlon, qui a tout déclenché, sur le buffet. Celle-ci, après avoir heurté violemment le pot en cuivre dans lequel sont disposées les herbes de Provence, rebondit sur le bois et finit par s'immobiliser dans le plateau d'argent préparé pour le petit-déjeuner de Madame. Zut alors, en plein dans la coupelle de fruits rouges. Pressée d'effacer les traces de son mouvement d'humeur, Marguerite s'empare de la coupelle et en jette le contenu souillé. Pas question de servir à Madame des fruits pleins de la saleté du jardin et des mains du jardinier.

C'est alors que son attention est attirée par un mini-rectangle qui s'est détaché de la carte. Un petit bout de plastique, double face, bleu d'un côté et doré de l'autre. *Tiens, on dirait une carte à puce*, se dit Marguerite. Avec moult précautions, Marguerite récupère la carte et la mini-partie détachée. Elle essuie les deux parties avec une éponge humide pour enlever les résidus de fruits rouges qui sont restés collés. Après leur avoir rendu leur propreté, elle examine les choses de plus près.

Ah, mais, ces petites barres dorées ressemblent à l'extrémité d'une clé USB ! C'est la première fois que Marguerite a en main une clé de ce genre. Sans doute contient-elle des renseignements sur les produits publicitaires vantés par Décathlon ! Marguerite ne perd jamais le nord. Intriguée par le format de cette carte très plate qui pourra être commodément mise dans son portefeuille, Marguerite décide de voir si cette clé fonctionne dans le port de l'ordinateur. Peut-être n'est-ce qu'un fac-similé, après tout ?

Ah, zut, voilà la sonnette de Madame qui retentit. Madame est déjà éveillée. Madame prend son petit-déjeuner dans son lit. Madame va vouloir qu'on lui ouvre les fenêtres, va dire « merci, Marguerite », et va traînasser au lit jusqu'à midi pour lire ses magazines, *Biba, Grazia, Marie Claire, Côté Sud…* Un tas de magazines que Marguerite est allée, en personne, quérir auprès du marchand de journaux, ce matin.

Bon. Pour la clé USB, ce n'est que partie remise à ce soir.

Chapitre 19

« Eh, Bérangère, regarde ! Ton mari passe à la télévision !
— Humm…

— Tu entends ?… Que fais-tu ?

— Je lis en me chauffant les pieds. C'est très bon, le feu de bois.

— Oui oui, mais regarde Michel-Marie. Là… Attends… Viens, on le voit bien maintenant, dépêche-toi, tu vas le rater ! »

Bérangère, installée dans un fauteuil profond au coin du feu n'a guère envie de bouger. Tout compte fait, ces vacances campagnardes lui pèsent. Le marché est trop mimi, d'accord. Les de Launay les ont conviées à une partie de golf trop sympa. Les dîners à la lueur des bougies devant un gigot à la ficelle à Lourmarin, c'était vraiment superbe. Mais Bérangère trouve le temps long. L'horloge qui marque les heures lui tape sur les nerfs. Quand le silence se fait dans la demeure, on entend même bouger la grande aiguille des secondes. Tic… Tac… Tic… Tac. Ça lui fait penser à la chanson de Brel, *Les vieux*, dans laquelle il chante qu'ils ne meurent plus. Charlotte aime bien ça, le silence, la pendule. Elle dit qu'elle se recentre, qu'elle se retrouve. Bérangère, pas du tout. L'ambiance muette de la maison, les pas feutrés des femmes de service. Tout la stresse. Une angoisse sourde lui pèse sur le thorax. Bérangère n'en peut plus.

— Tu ne veux pas voir ton mari ? Je crois qu'il va prendre la parole. Il y a beaucoup de journalistes et de micros.

— Bon, j'arrive…

Bérangère s'extirpe du canapé en se faisant violence. Elle écarte la pile de magazines qu'elle avait sur les genoux et se lève.

— Là, tu le vois ? On ne voit que lui. Il est beau, quand même, ton mari. On dirait Comtebourg ! Regarde les autres, comme ils sont moches à côté !

Marguerite entre pour desservir le plateau.

— Vous permettez, Madame ?

— Oui, Marguerite, je vous permets, vous pouvez même regarder mon époux qui parle à la télé, si cela vous chante.

— Merci, Madame.

Marguerite prend le plateau et reste droite en silence derrière les deux femmes assises devant la télévision.

Bérangère contemple à son tour son mari. Elle ignore la raison de sa présence à l'écran. La dernière fois qu'il est apparu à la télé, c'était pour une émission sur les hôtels de la chaîne Relais et Châteaux. Il en connaît un bout, Michel-Marie, sur le sujet. C'est assez fréquent, ce genre d'interview. Une autre fois, c'était dans le cadre d'un documentaire sur les derniers aristocrates. Ce genre de sujets ne passionne guère Bérangère.

— Sais-tu de quoi il va parler ? demande Charlotte.

— Pas du tout. Il s'intéresse à la restauration des documents historiques... C'est peut-être la raison de l'émission ! En tout cas, tu as raison, il est très mignon...

— Chut, c'est à lui.

Michel-Marie tapote le micro pour vérifier le son et toussote pour éclaircir sa voix.

— Mesdames, Messieurs, si vous me voyez à cette place aujourd'hui, c'est que le président de la République m'a fait le grand honneur de faire appel à votre serviteur. Vous savez tous que, de longue date, je me suis intéressé à la chose publique et que j'ai maintenant quelque expérience en la matière. Nous sommes plusieurs amis à avoir été sollicités de la sorte et nous sommes tous fiers de pouvoir apporter – en toute humilité, bien entendu –, chacun selon nos compétences, notre pierre à l'édifice. Notre petit groupe s'est penché sur l'ensemble des problématiques de notre époque pour essayer de trouver des solutions pragmatiques, loin des idéologies, qui permettront le redressement productif de notre pays qui, vous le concéderez, en a bien besoin. Nous avons devant nous six mois pour...

— Dis donc, il parle bien, ton mari. Savais-tu qu'il allait faire de la politique ?

— Pas vraiment, mais tu sais, Michel-Marie s'intéresse à tout. Il est très curieux. Il connaît des tas de gens. Il a le bras long...

— Et toi, Bérangère, es-tu contente qu'il se lance dans ce nouveau job ?

— Ben oui. Il connaît beaucoup de choses, Michel-Marie. Et pour moi, c'est pas mal non plus. J'adore l'accompagner dans ses activités. On ne s'ennuie pas une minute. On va souvent à l'étranger, toujours en classe business. On loge dans des hôtels fantastiques... Tu connais le Burj Al Arab, à Dubaï ? C'est un hôtel 7 étoiles... Tu sais bien, celui en forme de voile. Une architecture de folie, un peu tape-à-l'œil, mais superbe. Un service de limousine d'un autre monde, une vue à tomber...

— Tiens, avec tout ça, il a fini. Les gens applaudissent. Ça devait être formidable, ce qu'il a dit. Et tu crois que vous allez voyager davantage, avec cette nouvelle mission ?

— Bof, je n'en sais rien. Mais on va sûrement rencontrer des journalistes, des hauts fonctionnaires de l'État, des ministres.

Marguerite, restée sans bouger dans le but de ne pas interrompre le discours par un bruit de vaisselle, pas fâchée non plus d'avoir vu Monsieur décliner ses nouvelles activités à la télé, demande alors :

— L'émission semble terminée, puis-je passer devant l'écran pour finir de débarrasser le goûter ?

— Bien sûr, Marguerite, où avais-je la tête ? Vous pouvez disposer. Ce soir, nous dînerons à 20 heures, devant la cheminée.

— Bien, Madame.

— Tu y comprends quelque chose en politique, toi ? reprend Charlotte, une fois Marguerite partie.

— Moi, rien du tout. Ce que je sais, c'est que je ne vote jamais à gauche. Tu vois un peu si Marline Autric revient au pouvoir… Une catastrophe, cette femme. Il paraît qu'avec la réduction du temps de travail, elle a désorganisé le pays. En fait, je vote comme Michel-Marie. Et toi, Charlotte, tu votes pour qui ?

— Moi ? Comme vous, probablement. Je n'aime pas le communisme… Par contre, les écologistes, ils disent des choses sensées, tu ne trouves pas ?

— Bof, je n'en sais rien. Et pourquoi l'écologie serait de gauche, peux-tu me le dire ? Tout le monde veut que l'herbe soit verte ! Les écolos, ils ont pris un créneau, c'est tout. N'as-tu pas vu la tête de Céline Duflan ? Les robes qu'elle met… D'un tarte, elle est. Blanche avec des fleurs rouges, elle était, sa robe. Tu ne l'as pas vue ? C'était comme de grosses pivoines, mais rouges. J'ai vu ça à la télévision, par hasard, sur la chaîne Public Sénat que je ne regarde jamais, car cela ne m'intéresse pas. Là, c'était très drôle. Quand elle est arrivée pour prendre la parole, les députés l'ont sifflée. Tu ne peux pas savoir le chahut que ça a fait. Les féministes se sont mises au milieu. Elles ont dit que c'était humiliant pour toutes les femmes, elles ont même invoqué les droits de l'homme ! Tu te rends compte ? J'étais morte de rire. Aussi, tu te vois te pointer dans l'hémicycle avec une robe pareille, Charlotte ?

Les deux femmes imaginent Charlotte avec cette robe et pouffent de rire. Au moins, le discours de Michel-Marie leur aura redonné, sans le vouloir, un peu de bonne humeur.

Chapitre 20

C'est encore moi. Vous voyez, je vous oublie pas. Pourtant, j'ai pas tellement envie de bavasser sur mon triste sort. Au départ, j'étais contente de me confier à vous. Lourdée de ma boîte, j'en avais gros sur la patate et de vous le dire, je sais pas, mais ça me faisait du bien. Ensuite, j'ai fait des trucs tellement barges, que j'avais envie de faire mon intéressante avec vous. Comme vous devez lire tranquille au coin du feu, j'ai voulu vous distraire avec ma vie trépidante. En fait, tout est parti en quenouille. Pour pas dire autre chose.

Alors, maintenant, je suis au point mort. J'ai plus rien à dire. Si, un truc. Je me rends compte que je suis une « bouche ». Vous savez ce que c'est, une bouche ? C'est quelqu'un qui « se la joue » qui « la ramène », bref, qui se fait mousser pour que dalle.

Depuis qu'on s'est quittés, il s'est rien passé. Enfin presque rien. Je suis partie la queue basse, pas fière de moi, furieuse d'avoir monté un truc aussi nul. Si, au moins, j'avais pris le pognon, je serais pas dans cette merde. Mais non. Je l'ai pas pris. Je l'ai même ramené à sa proprio qui, elle, risque pas d'être en manque. J'ai fait ma magnanime. Ma grandiose. Peut-être que je voulais vous épater, allez savoir. Mademoiselle Bontemps a voulu faire sa fière, sa virtuose des portails, sa compétente des codes informatiques, sa stratège du cambriolage. Je suis une bouche, je vous dis.

Donc, après m'être pris cette pelle et m'être aplatie de tout mon long – c'est bien le cas de le dire –, comme j'ai le sens des réalités, j'ai décidé d'arrêter de déconner et de réfléchir. Eh bien, la seule chose intelligente que j'ai trouvée, c'est d'essayer de faire comme tout le monde. D'être normale. Blanche. Passe-muraille. Je savais qu'en adoptant cette conduite, j'allais m'ennuyer et vous aussi. Mais qu'auriez-vous fait dans ma situation ? Encore la mariole ?

Alors, je suis allée sagement récupérer mon courrier à la poste restante de Marseille pour voir si les Assedic avaient pensé à me filer quelque chose. Mais, non. Y avait rien. Rien du tout. Après, j'ai abandonné la Smart dans un parking de Carrefour et commencé à chercher du travail. Oui, je sais. C'est pas folichon comme programme. *Où vais-je trouver du travail à Marseille, dans ces périodes sombres ?* je me disais.

Alors que je déambulais sur le Vieux-Port, inquiète au premier chef de me trouver un logis pour la nuit, qu'est-ce que je vois ? Un gendarme qui me demande mes papiers. Merde, je me dis, qu'est-ce qu'il me veut celui-là ? Je me promène tranquillou et le mec, comme ça, sans raison, il m'arrête ! Avec tous les tueurs et les gros délinquants qu'il y a dans ce bled, je me demande s'il n'aurait pas eu mieux à faire.

Heureusement que je suis plus dans la Smart. J'ai quand même la trouille, car, le matin même, j'avais encore le cul dedans. Naturellement, je m'exécute. Je monte dans le fourgon où il y a un autre type qui s'est fait alpaguer. Un homme de couleur. Un black qui mange du chewing-gum en défiant le flic du regard. Moi, pendant ce temps, je fais ma sage. Je sors mes papiers et les donne à mon flic personnel.

L'autre flic, celui du black, il lui dit :

— File-moi tes papiers.

Le type, pas dégonflé, il continue à mâcher son chewing-gum et répond :

— Monsieur, vous n'avez pas le droit de me tutoyer.

Et, toc.

Le flic, estomaqué par son culot, lui dit :

— Arrêtez avec ce chewing-gum !

— Pourquoi, c'est interdit ?

— Je vous ai demandé vos papiers !

— Les voilà.

Après avoir intensément regardé les papiers du mec, le flic tourne la tête vers moi et lui dit :

— Et la dame, là, à côté, vous la connaissez, elle est avec vous ?

Le grand gaillard me regarde, étonné.

— Jamais vu.

Enfin bref... Au bout de trente minutes, les deux flics, ne trouvant rien à se mettre sous la dent, nous relâchent. Quand on sort du camion, le gars me regarde droit dans les yeux :

— T'es pas black et on t'a arrêtée ?

— Ben oui.

— C'est zarbi, car ils arrêtent pas les meufs ni les blancs d'habitude.

— Ben, je sais pas.

— Tu es timide ou quoi ?

— Ben oui.

— T'as pas l'air, tu as peur des blacks ?

En fait, je suis pas tranquille. Ce mec, je le connais pas. D'accord, il m'a pas branchée dans la rue, mais quand même. Je me sens fragile, esseulée et à la merci de n'importe qui.

— Ça va pas ?

— Oui, ça va.

— On dirait pas...

Il faut que je lâche un truc, sinon je sens que sa susceptibilité va monter de plusieurs crans.

— Enfin, oui, ça va pas trop. Je cherche du travail et je trouve pas.

— Quel travail tu veux ?

— Au départ, je suis secrétaire, mais je vais pas trouver... Alors, restaurant ou...

— Restaurant ? J'ai bien entendu ? Je le crois pas ! Justement, j'ai un pote qui tient une pizzeria, il est en panne de serveuse pour le soir. Et si ça fait l'affaire, pour le midi aussi. On y va ? En plus, je crois que la fille qui l'a plantée était logée sur la partie arrière. Donc, si ça t'arrange, tu vois ça avec lui.

— Ben… Il faut que je voie, que je réfléchisse…

— Eh bien, on va le voir. Si ça te botte, tu dis oui. Si ça te botte pas, tu dis non.

On marche alors en silence dans les rues. Je note leur nom au passage. Je veux pas me retrouver dans un bouge pourri. Après cinq cents mètres environ, il me dit :

— C'est là.

La pizzeria, elle est rue Sainte. C'est de bon augure, une sainte, non ? L'enseigne bleue clignote. « Pizzeria aux étoiles », ça s'appelle. Les étoiles, c'est bon signe aussi, non ? Les vitres sont propres. Les tables mises avec nappes et couverts dessus. Je vois ça de la rue. Quand même, j'en mène pas large.

— Comment tu t'appelles ? il dit, mon copain.

— Valérie.

— Valérie comment ?

— Valérie Bontemps.

— Bon, c'est pour le dire à Tino.

On entre dans la boutique. La porte vitrée fait dreling-dreling. Comme il doit être environ 18 heures, aucun client n'est encore attablé, mais on sent la chaleur du four qui rougeoie au fond de la salle.

— Ah, ça fait plaisir de te voir, Charlie. Qu'est-ce qui t'amène ?

— Ben, la demoiselle – Valérie, elle s'appelle –, elle cherche du boulot et j'ai pensé à toi. Tu as trouvé quelqu'un ?

— Ah, tu tombes bien, justement, non. J'ai mis une pancarte, des annonces qui m'ont coûté un bras, mais personne de chez personne n'est venu. Si c'est pas malheureux, avec tout ce chômage…

Enfin bref, après quelques minutes de conciliabule, je suis embauchée. Le mec était trop content d'avoir quelqu'un, là, tout de suite, sous la main.

— Vous êtes secrétaire, la tête doit donc fonctionner. Parce que des fois, on tombe sur des nouilles pas possibles. Pour les émoluments, c'est le SMIC. Mais, attention, presque tout au noir. Je déclare juste un peu, au cas où… OK ?

— OK.

— Vous commencez quand ?

— Ce soir, si vous voulez.

Chapitre 21

Après avoir servi le dîner de ces dames, Marguerite met en ordre la maison et monte dans sa chambre. Une chambre confortable qui donne sur le devant du jardin, avec toutes les commodités nécessaires. Il est 21 h 30. Sauf imprévu grave, elle sait qu'elle ne sera sollicitée par personne. Marguerite aime bien ce moment. C'est le meilleur de la journée. Après avoir fait sa toilette et s'être vêtue de son linge de nuit, Marguerite installe son ordinateur portable sur le bureau mis à sa disposition. L'éclairage de la table de nuit et la lumière bleue de la machine suffisent pour entretenir l'atmosphère intime que Marguerite aime créer autour d'elle le soir.

Curieuse de savoir si elle fonctionne ou pas, elle récupère la carte Décathlon tout au fond de la poche de son tablier de jour. *Ce serait formidable*, se dit-elle, *si tout ce qui m'appartient de personnel pouvait être intégré dans ce minuscule format carte !* En son for intérieur, malgré sa haine farouche de la modernité, Marguerite reconnaît que, sur le plan technologique, au moins, l'époque actuelle a du bon. Sur le plan des valeurs, par contre, c'est autre chose. Bon. C'est pas le moment de philosopher. Voyons un peu cette clé. Est-ce une vraie clé ? Pas sûr ! Tout est falsifié, frelaté aujourd'hui. Même les jouets, les rouages automobiles et jusqu'aux médicaments !

Marguerite introduit le fragment USB dans le port prévu à cet effet et attend quelques fractions de seconde le verdict. Eh bien oui. C'est bien une clé USB. Acceptée illico par son ordinateur, sans problème de compatibilité, ce qui n'est pas toujours le cas. Une fenêtre s'ouvre au milieu de l'écran, ne laissant apercevoir que des dossiers en tout point identiques à ceux qu'elle accumule sur son PC. *Tiens, comme c'est bizarre*, se dit Marguerite. *Les CD publicitaires ne devraient pas se présenter de cette manière. D'après ce que j'ai entendu dire, il y aurait toujours une musique de fond, une succession de clips souriants et colorés à l'enseigne de la marque.* Ici, rien de tel. Cette clé austère, aux fausses allures de pub, est bel et bien agencée comme un document de travail. Elle contient, en tout, dix-sept dossiers. Apparemment de gros dossiers.

Bon sang, se dit Marguerite, *sur quoi ce pauvre jardinier est-il donc tombé ?* Chaque dossier porte un intitulé différent. Moscou, les Canaries, la Suisse, le Luxembourg, Bahreïn, le Luberon, Saint-Tropez, Dinard, Deauville… Avant de se lancer dans les dossiers étrangers, Marguerite, de plus en plus intriguée, préfère ouvrir les dossiers dont les noms sont français. *Cliquons sur « Luberon »*, se dit-elle. *On verra bien.* À sa grande surprise, ce dossier contient tous les renseignements photographiques, logistiques et domotiques de la maison des *Lavandes*. Ça alors !

À présent très excitée par sa trouvaille, Marguerite a trop chaud. Pour rafraîchir l'atmosphère, elle décide d'ouvrir grand la fenêtre et d'ôter sa tenue d'intérieur doublée de laine qui rend son corps tout moite. De retour à son bureau, légère et rafraîchie, elle poursuit le reste de son investigation. Elle apprend alors que tous les dossiers portant des noms français concernent les maisons secondaires de la famille de la Motte, maisons dans lesquelles elle a été amenée, parfois, à séjourner.

Qui a bien pu perdre cette clé ?

Est-ce Madame qui l'a égarée ? L'hypothèse paraît peu probable. Madame ne se promène jamais dans le jardin, encore moins dans la partie arrière qui ne concerne que la domesticité. Et pourquoi diable Madame aurait en possession cette clé, alors qu'elle se moque comme d'une guigne de ces lieux de villégiature et qu'elle ne s'est jamais intéressée, une seule seconde, à leur gestion ? Cette clé aurait-elle été perdue par Monsieur antérieurement ? Cela est possible. Encore que Marguerite imagine mal Monsieur porteur d'une clé d'aussi médiocre facture, lui qui a pour habitude de s'entourer d'objets de luxe.

N'ayant pas de réponse à ce questionnement et curieuse de connaître la suite, Marguerite décide de s'attaquer aux dossiers étrangers. Avant d'entamer sa consultation, elle se lève pour refermer la fenêtre et en profite pour donner un tour de clé à la porte. Qui sait si, justement cette nuit, madame de la Motte, son amie ou la cuisinière n'auront pas besoin de ses services ? Marguerite, lunettes sur le nez, s'approche de l'écran pour mieux voir. Son visage s'illumine de façon presque surréaliste à la lueur bleutée qui sort de la machine.

À minuit, son opinion est faite. Bien que ses connaissances en la matière soient faibles, elle en sait suffisamment pour comprendre que son patron se livre à des activités illicites – transactions en euros, en dollars, en yens... – dans des lieux où, à sa connaissance, le fisc français n'a pas droit de regard.

Une fois l'ensemble des dossiers passés en revue et étudiés, Marguerite est formelle. Elle tient dans ses mains un document tombé du ciel – dont elle ne sait que faire –, mais qui peut conduire Michel-Marie de la Motte devant les tribunaux. Son intuition était donc la bonne. Monsieur s'adonne à des trafics d'argent et d'influence qui, non seulement ne sont pas en son honneur, mais, qui plus est, peuvent retentir sur toute la famille, son personnel et jusqu'à son entreprise.

Marguerite est d'autant plus perplexe que Monsieur a précisément choisi de se lancer en politique en ce moment, auprès du président de la République ! Que faire de cette clé explosive ? La remettre à madame de la Motte ? Il n'en est pas question. Madame est bien trop pusillanime et n'a pas du tout la tête sur les épaules. Il est impossible de lui confier un secret aussi lourd. À la police ? Ça n'est pas d'actualité. Surtout avec le Président au beau milieu de l'affaire...

C'est le contraire qui convient. Il faut réfléchir, réétudier la question, revoir chaque dossier, prendre conseil. Mais auprès de qui ? Marguerite est seule. Seule, comme elle l'a toujours été, seule comme jamais. Personne au château n'est capable de réfléchir aux implications de cette histoire et de tenir sa langue. Marguerite sait aussi que des révélations intempestives de sa part risquent tout juste de lui faire perdre sa place alors qu'elle avance en âge. Le mieux à faire est de cacher cette carte et de n'en rien dire à quiconque. Il lui sera toujours temps d'aviser lorsqu'elle regagnera la maison mère, ce qui ne saurait tarder, vu l'ennui dans lequel elle trouve, tous les jours davantage, les deux jeunes femmes.

Une fois recouchée, l'ordinateur étant éteint, Marguerite ne trouve pas le sommeil. Quelle histoire, tout de même ! Ce qui l'intrigue le plus, c'est la présence de la carte dans le jardin. Plus elle y réfléchit, plus elle pense que le jardinier a raison. Cette carte a été perdue récemment. Comment Marguerite le sait-elle ? Eh bien, c'est tout simple. L'actualisation des dossiers étrangers s'est faite il y a tout juste vingt jours. La date du 18 novembre marque chaque dossier. Or, à cette date, Monsieur et Madame étaient bien à Paris avec elle et personne n'a séjourné aux *Lavandes* depuis l'été dernier. La carte a donc été perdue, dans ce jardin même, depuis cette date. Mais par qui ? Marguerite rumine inlassablement dans sa tête cette question et les heures s'égrènent à la pendule sans que le sommeil vienne la prendre.

Tout à coup, une idée l'éveille tout à fait. *Et si, par un hasard fort peu probable, le jardinier demande à Madame si je lui ai bien remis la carte ?* se dit Marguerite. Il me sera sans doute facile de prétexter avoir oublié cette publicité sans importance et je me précipiterai alors pour la remettre à Madame sans tarder. Mais, dans ce cas de figure, cette pièce à conviction capitale m'échappera définitivement ! Qui sait si elle ne peut pas m'être fort utile à l'occasion ? Il est à présent 4 heures. Marguerite, complètement éveillée, saute, pieds nus, sur le carrelage froid, rouvre l'ordinateur et entreprend de faire une copie des documents sur sa propre clé. Ouf ! Fort heureusement, elle a pris l'habitude d'en avoir toujours une dans son sac.

Chapitre 22

Michel-Marie est sur les dents. Une journée épouvantable se profile. Alors qu'il était certain d'être tranquille une bonne quinzaine pour peaufiner son enquête, voilà que les filles arrivent demain soir. Elles s'ennuient à la campagne. Il fait froid. Il n'y a personne. Elles ne savent pas quoi faire. Bref, elles s'emmerdent. Donc, le séjour est terminé.

— Ne t'inquiète pas, a dit Bérangère, comme si elle avait le pouvoir d'apaiser les soucis de son mari. Marguerite connaît tous les trucs de la maison. Elle saura gérer la fermeture des *Lavandes* au mieux.

La confrontation avec Marguerite est inévitable. Comment garder à son service une gouvernante en laquelle vous n'avez plus confiance et dont vous avez la preuve tangible qu'elle vous espionne ? Comment lui donner son congé sans enfreindre la loi ni provoquer ses foudres implacables ? Déjà, lorsqu'il était enfant, sans qu'il s'en ouvre à personne, cette femme lui en imposait. Michel-Marie ne l'appréciait guère, malgré les commentaires élogieux de ses parents. C'est vrai que sur le plan professionnel, il n'a jamais eu rien à redire et il a fini, lui aussi, par se reposer entièrement sur ses compétences pour le fonctionnement de la maison.

Mais son impression d'enfance est restée vivace. Le comportement de Marguerite l'a toujours mis mal à l'aise. Cette façon insidieuse d'être présente sans piper mot, de s'approcher de vous sans être entendue, de regarder en biais pour ne rater aucune miette de ce qui se passe… De tout temps, il s'est méfié de ses manières sournoises. Aujourd'hui, avec la découverte de cette cassette, Marguerite le révulse. C'est comme si un reptile glissait le long du sol, s'enroulait au pied de sa chaise pour venir l'étouffer. S'il ne l'éloigne pas de lui, ses bras vont l'étrangler. Il le sent. Il le sait. De tout son être, maintenant, il craint cette femme. Le moment est venu. Son côté pernicieux a été mis à jour. La cassette enregistreuse trouvée dans son studio est là pour témoigner de sa duplicité. Comment madame Mère et monsieur Père ont-ils fait pour ne rien déceler ? Mystère ! Probablement que leur comportement n'a pas donné l'idée à Marguerite de les faire tomber. Le sien, si. Cette saloperie de bonne femme, avec son air de ne pas y toucher, a flairé le caractère illicite de ses activités et a décidé d'en découdre avec lui.

Que sait-elle exactement ? Michel-Marie l'ignore. Peu de chose, sans doute. La conversation enregistrée sur la cassette trouvée dans sa chambre ne révèle rien de compromettant. Des banalités échangées avec ses hôtes, qui ne sont venus chez lui que deux fois. Une fois le 15 octobre et l'autre le 3 novembre. Les doutes de Marguerite à propos de ses activités ont dû naître lors du premier entretien, le 15. Or, sur l'étiquette apposée sur la cassette, on peut lire : « dossier numéro 1 (Réunion Monsieur CHDLM le 3/11) », ce qui laisse supposer que cet enregistrement est le seul et unique, mais qu'il devait inaugurer une longue série… La fouille de fond en comble de la chambre, qu'il a effectuée personnellement millimètre par millimètre, n'a rien donné. L'ordinateur, dont il a réussi à contourner le mot de passe, ne contient rien non plus. Michel-Marie a épluché tous les dossiers, y compris la corbeille. Un travail de Romain. Un travail de fourmi qui lui a occupé deux nuits entières. Aujourd'hui, il est rassuré. C'est sûr et certain, Marguerite n'a pas en sa possession d'autre document litigieux.

Michel-Marie est loin d'être aussi bête que Marguerite le croit. Il sait bien qu'elle le mésestime. Souvent, dans son regard de fouine, il a lu l'intensité du mépris qu'elle lui porte. Aujourd'hui, c'est fini. Il lui faut battre le fer tant qu'il est chaud et tuer son projet malveillant dans l'œuf.

Chapitre 23

Coucou, c'est moi. Je vous écris de l'arrière de la pizzeria aux étoiles dans laquelle j'ai été embauchée. Eh bien, figurez-vous que ça se passe pas si mal que ça. Ça se passe très bien, même. Le patron, Tino, est un amour de garçon comme j'en ai rarement vu. Un type bienveillant, doux, pas fanfaron pour deux sous. Bon, je vous vois venir. Vous commencez à vous imaginer des choses. Eh là, doucement, vous allez vite en besogne.

Le premier soir, ça a été la folie. Faut dire que c'était un vendredi. Le gros coup de bourre. Un monde fou. Les gens esquichés – c'est un mot d'ici qui veut dire « serrés comme des sardines » – à six sur des tables de quatre. À peine la place de passer en rentrant le ventre. « *Pardon, pardon* », je disais. Les mecs, ils entendaient à peine. Qu'est-ce qu'ils parlaient fort ! Pas croyable. Ils criaient même, racontaient des tas de blagues et rigolaient à gorge déployée. Une soirée de folie, je vous dis, surchauffée par le vin, la bouffe et le four. Une ambiance trop sympa que j'ai jamais vue ailleurs.

Pour vous donner une idée, c'est comme dans Pagnol. En fait, tout le monde se connaît, dans ce resto. Y a que des habitués. Ils s'interpellent d'une table à l'autre pour dire que des conneries et s'invectivent pour un rien en hurlant comme des malades. Ah, vous pouvez dire que ça m'a fait du bien. J'en ai oublié la mère Capot, la famille à Pippa et mon horrible plantade derrière les *Lavandes*. Du coup, un vrai bol d'air.

Bien que je n'aie jamais travaillé dans un troquet, je me suis débrouillée comme un chef. Avec l'aide de Tino, bien sûr, qui m'a tout montré au fur et à mesure. Quand la dernière table est partie, on a tout rangé et Tino m'a dit « *merci et bonne nuit !* » Je me suis couchée dans l'arrière-boutique, épuisée. Bien sûr, c'est pas le Pérou, cette chambre. C'est une toute petite chambre, mais proprement aménagée, avec une douche et une fenêtre donnant sur la cour où sont entreposés des bouteilles et un tas de caisses sur des palettes.

Tino a été aux petits oignons. Il m'a donné draps, couvertures et serviettes propres et autorisée à laver mon linge dans la machine du resto. Je crois que je n'ai jamais été aussi bien de ma vie ! J'ai même une petite télé. Ah, j'allais oublier. Le samedi en fin d'après-midi, juste avant le coup de bourre du soir, je vous donne en mille qui j'ai vu à l'écran. Le mari de Pippa ! Monsieur Michel-Marie de la Motte, marquis de je ne sais plus quoi. Ils l'ont dit à la télé, de quelle chose il était marquis. Marquis de la Motte, peut-être. Elle s'emmerde pas, la Pippa. Qu'est-ce qu'il est beau, son mec ! On aurait pu croire que l'on aurait affaire à un genre fin de race blanchâtre et débranché. Eh bien, à ma grande surprise, pas du tout. Un beau type, jeune élégant, élancé…

Figurez-vous que, ce jour-là, j'ai compris qu'il s'engageait en politique. Vous vous en foutez, mais moi, non. Ça me fout les jetons, ce nouveau job de Michel-Marie. Avec ce que j'ai vu sur la clé USB, je crains que l'histoire ne remonte jusqu'à moi. D'accord, je suis une inconnue, mais quand même. J'ai fricoté dans leurs affaires et ça, vous me l'enlèverez jamais de l'idée. Ça me turlupinera toujours.

Il paraît que c'est le Président en personne qui le veut comme conseiller. On se demande s'il cherche pas les emmerdes, le Président. Il a le chic pour se fourrer dans des pétrins pas possibles. S'il connaissait le contenu de la clé, il prendrait ses jambes à son cou. Finalement, heureusement que je l'ai plus, cette clé de malheur. Une vraie bombe à retardement qui risque d'exploser à la tête de Michel-Marie et qui sait si, après, la déflagration, le truc viendra pas toucher le Président ? On a déjà vu ça, dans le passé. Dans le fond, pour eux, je m'en fous. C'est leurs affaires. Ce que je veux pas, c'est qu'une nouvelle tuile me tombe sur la tête.

Comme j'écoutais intensément le mec à Pippa, Tino a tapé à la porte. J'ai répondu « Oui », distraitement, et il s'en est aperçu.

Il m'a dit :

— Qui c'est, ce mec, tu le connais ?

— Non, comment tu veux que je fréquente ce type si haut placé ?

— Et pourquoi tu le regardes alors, ça t'intéresse, la politique ?

J'ai répondu n'importe quoi :

— Couci-couça... (Et j'ai rajouté, pour faire vraisemblable) C'est parce que je le trouve beau mec.

— Et moi, je suis pas beau ?

— Oui, mais en politique, c'est rare.

Il a quand même du pif, ce Tino, vous trouvez pas ?

Chapitre 24

Après avoir laissé Bérangère dans le parking de son hôtel particulier, Charlotte, coincée dans les embouteillages qui la ramènent chez elle, gamberge. Ce séjour en Provence qui lui faisait tant plaisir s'est terminé en queue de poisson. Les quinze jours envisagés sont devenus, dans la bouche de Bérangère, dix puis huit puis six. En fait, au bout de cinq jours, il leur a fallu partir en urgence. Bérangère n'en pouvait plus de cette campagne perdue. Elle s'est levée ce matin-là d'humeur maussade et a pris son petit-déjeuner en catastrophe. Puis, sans que personne ne s'y attende, même pas Charlotte – *hein, tu es bien d'accord, Charlotte ?* –, elle a donné l'ordre de départ.

Fort heureusement, une fois encore, les deux femmes ont pu compter sur les facultés d'adaptation de Marguerite. Sans discuter cet ordre inattendu, au contraire – *Bien, Madame* –, Marguerite a trouvé, dans la seconde, une place de TGV pour la cuisinière. Selon Bérangère, la cuisinière – qui s'appelle Anna – aurait encombré trop fortement la voiture. Dans la foulée, Marguerite – toujours sans commentaire – s'est également occupée de dénicher un taxi pour conduire cette pauvre femme à la gare.

Charlotte est admirative. Tout au long du séjour, elle a pu apprécier la discrétion et l'efficacité de cette intendante. Une vraie perle. Au point que Bérangère – qui en connaît un bout sur le sujet – clame à tout bout de champ qu'il est bien agréable d'avoir un personnel de cette qualité à une époque où la domesticité n'est plus du tout ce qu'elle était. Parfois, Charlotte se demande si Bérangère n'est pas complètement à côté de la plaque…

Une fois installée dans la voiture, avec Marguerite à l'arrière – qui, comme toujours, n'a pas soufflé mot –, Bérangère a retrouvé le sourire et le voyage s'est passé sans problème. Elle était tout excitée à l'idée du retour : « *Et je vais faire ci et je vais faire là. Et je vais inviter les Untel. Et je vais changer les rideaux du petit salon. Et nous allons partir avec Michel-Marie à Saint-Barth...* » Bérangère veut toujours se trouver à l'endroit précis où elle n'est pas.

Pendant ces quelques jours, Charlotte aurait aimé flâner sur le marché, découvrir cette région aux villages magnifiques, faire des randonnées et, pourquoi pas, un peu de cuisine. Rien à faire. À part les magazines et les trucs à la mode, rien n'intéresse Bérangère... Charlotte lui disait parfois : « *Pourquoi ne vis-tu pas mieux l'instant ?* » « *En faisant quoi ?* », disait Bérangère. Toutes les propositions de Charlotte sont lamentablement tombées à l'eau. Surtout celle de la cuisine. « *La cuisine !* » lui a-t-elle répondu avec des yeux tout ronds. « *Mais, nous avons Anna ! Tu me vois éplucher les carottes ! En plus, ça abîme les mains...* » Bon. Charlotte n'a pas insisté, mais n'est pas prête à renouveler l'expérience.

Et cet embouteillage qui n'en finit plus, se dit Charlotte. *Tiens, voilà justement Bérangère qui appelle.* Charlotte décroche.

— Allô, Charlotte ? C'est moi, Bérangère.

— Oui, je vois bien que c'est toi. Qu'est-ce qui t'arrive ?

— Charlotte, je suis sens dessus dessous.

— ... ?

— Tu ne vas pas me croire. Il m'arrive encore une histoire pas croyable.

— ... ?

— Charlotte, tu es là ?

— Eh bien oui, où veux-tu que je sois ?

— Ah, comme tu ne disais rien...

— Je t'écoute, Bérangère.

— Je ne te sens pas... Tu n'es pas comme d'habitude.

— Mais si, tout va bien. Je suis juste un peu fatiguée d'avoir conduit la voiture. En plus, je suis toujours dans les embouteillages.

— Ah, c'est pour ça ? Moi aussi, j'ai horreur d'être bloquée et, dans ces cas-là, je suis capable de crier après tout le monde.

— Eh bien, voilà, tu as raison, l'embouteillage m'énerve, sinon tout va bien, rajoute Charlotte, qui n'a pas envie de raconter ses états d'âme à son amie.

— Ah, tu me rassures, parce que j'ai besoin de te parler. J'ai toujours des ennuis en ce moment.

— Bon, tu peux y aller.

— Voilà. Quand tu nous as déposées tout à l'heure avec les bagages sur le parking, il n'y avait personne.

— Personne ? Tu veux dire quoi, ni Michel-Marie, ni le personnel ?

— Oui, personne.

— Pourquoi, d'habitude tout le monde t'attend ?

— Bien sûr, Michel-Marie se débrouille toujours pour être là et sinon, il donne des ordres pour que du personnel vienne récupérer les bagages. Là, rien. Personne, je te dis.

— Et alors, qu'est-ce que tu as fait ?

— Moi rien, nous étions là, debout à côté des bagages. En trois secondes, Marguerite a pris son portable et donné les ordres qui convenaient au personnel.

— Tout s'est arrangé alors ?

— Pas du tout. Au moment où tout le monde est arrivé, Michel-Marie est venu et a contredit les ordres de Marguerite.

— Ah bon ?

Charlotte est un peu irritée par les histoires que fait toujours sa copine. Parfois, elle se demande si Bérangère n'invente pas des anecdotes pour se rendre intéressante. Comme la fois où on lui avait volé la voiture. On lui avait, soi-disant, dérobé une clé secrète qu'une gentille bonne femme avait gentiment rapportée à la boutique avec son sac.

Bérangère continue :

— Écoute, j'en ai pas cru mes oreilles, sais-tu ce qu'il a fait ?... Je veux dire Michel-Marie... Tu m'écoutes !? Ah, bon... Je croyais que nous avions été coupées. D'abord, il n'a rien dit. Puis, il a donné des ordres contraires à ceux de Marguerite et attendu que le personnel s'en aille. Ensuite, tu sais quoi ? Il a interrompu d'un geste de la main Marguerite qui s'apprêtait à suivre les autres. Tu te rends compte ? Il m'a à peine serrée rapidement dans ses bras. Tu ne trouves pas que c'est bizarre, toi ?

— Oui... et après, qu'est-ce qui s'est passé ?

— C'est là le plus incroyable. Michel m'a dit gentiment de monter dans le petit salon et il a dit sèchement à Marguerite de le suivre dans son cabinet de travail. Depuis, pas de nouvelles. Ils sont enfermés depuis vingt minutes et je ne sais pas du tout ce qui se passe. Tu y comprends quelque chose, toi ?

— Eh bien non ! Comment veux-tu que je sache ? Peut-être qu'il lui donne des directives en raison de ses nouvelles activités politiques ?

— Ah, tu crois que c'est ça ? C'est vrai... J'avais oublié ce détail. Ah, merci, Charlotte, tu me rassures. Je vais attendre plus tranquillement que ce soit fini. Merci beaucoup. Tu en es où, toi ?

— J'arrive chez moi.

— Bon, tant mieux. À bientôt, Charlotte, et merci encore.

Chapitre 25

Michel-Marie, bien décidé à tailler cette histoire dans le vif, n'a pas souhaité mettre son épouse dans la confidence avant l'entretien qu'il a prévu d'avoir avec Marguerite. Connaissant les réticences que Bérangère n'aurait pas manqué de lui faire valoir pour conserver auprès d'elle une gouvernante aussi zélée, il a choisi de surseoir. Déjà qu'il craint une explication explosive lorsqu'il la mettra devant le fait accompli, avoir une explication préalable avec son épouse aurait fait rater son programme !

Une fois dans son bureau, il s'installe à sa table de travail et fait entrer l'intendante. Son argumentaire est prêt. Il l'a retourné maintes fois dans sa tête. Il sait parfaitement ce qu'il veut dire et où il veut en venir. Mais il a peur que Marguerite, dont il n'arrive pas à imaginer les réactions, lui donne du fil à retordre. Qui sait si elle ne va pas contrarier le plan de licenciement à l'amiable qu'il a élaboré, par quelque argument sans appel ?

Non seulement Michel-Marie est sur ses gardes, mais son cœur bat la chamade. Il en a pourtant livré des combats, autrement difficiles, avec des as de la finance ou de l'Administration ! Mais là, c'est plus fort que lui. Il se sent démuni. Quelle est donc la puissance cachée qu'abrite cette femme ? Une façon d'être majestueuse, malgré sa condition subalterne ? Une emprise terrifiante sur un enfant ? Michel-Marie ne sait pas et n'a plus, maintenant, le temps d'épiloguer.

Marguerite, restée debout, se demande ce qui se passe. Il n'est pas dans les habitudes de Monsieur de la convoquer en urgence, encore moins lorsque le retour de vacances nécessite une remise en ordre approfondie de la maison.

Jamais Monsieur ne s'est comporté de la sorte.

Michel-Marie, conformément à la tactique qu'il a prévu de mettre en œuvre, ne dit mot. Il se contente de sortir du tiroir la cassette et la pose, étiquette dessus, au beau milieu de son bureau. Silence. Marguerite, dont il observe intensément les réactions, ne bouge pas. Pas un de ses sourcils ne se fronce. Impassible, les yeux fixés sur l'objet du litige qu'elle a parfaitement reconnu, elle attend. Un silence de plomb règne dans la pièce. Personne ne le rompt pendant de longues secondes. Très agacé, Michel-Marie demande tout à coup :

— Ce magnétophone vous appartient-il ?

— Oui, Monsieur.

— Savez-vous qu'un enregistrement de ce genre peut me conduire à vous exclure de mon personnel et à vous licencier pour faute grave ?

— Oui, Monsieur.

— Savez-vous dans quelles circonstances j'ai été amené à le découvrir ?

— Non, Monsieur.

Michel-Marie, étonné de l'absence de réaction de la gouvernante, mais soucieux de sa réputation, lui conte alors par le menu les événements inattendus qui l'ont amené à entrer dans son domaine, dans lequel bien entendu, il ne s'est jamais autorisé à pénétrer. L'inondation de l'escalier, l'écoulement des eaux sous la porte de son studio, le lavabo défectueux à l'étage désaffecté du dessus, la gestion de l'incident par son maître d'hôtel en son absence… Bref, les incidents qui lui ont permis, bien malgré lui, de découvrir cette surprenante cassette.

Marguerite garde toujours le silence. Michel-Marie, pas mécontent de ne pas être interrompu, poursuit sans discontinuer le discours qu'il a parfaitement en tête.

— Vous comprendrez qu'étant donné la nature de l'inscription écrite par vos soins sur l'étiquette – je lis « dossier numéro 1 (Réunion Monsieur CHDLM le 3/11) » –, ma curiosité, pour ne pas dire ma méfiance, a été éveillée. Je me suis donc autorisé, par la suite, à en écouter le contenu. Si vous souhaitez m'interrompre, je vous y invite.

— Non, Monsieur.

— Cette cassette prouve à l'évidence que vous cherchez à m'espionner. Étant donné que, sans cette fuite d'eau, cet enregistrement n'aurait pas été retrouvé et que ce numéro 1 semble être le premier d'une longue série, je me vois dans l'obligation de me passer désormais de vos services. Naturellement, eu égard à votre ancienneté dans la maison et à la nature de vos compétences, pour ne pas vous porter préjudice malgré cet acte de malveillance, je compte procéder à un licenciement amiable. Le document ne fera pas état de cette faute grave et n'affectera donc pas vos références pour trouver du travail ailleurs. De plus, étant donné les difficultés que vous n'allez pas manquer de rencontrer et l'affection que vous portait ma famille, je vais faire virer sur votre compte une somme équivalente à deux années d'émoluments. Vous voyez que, malgré votre conduite inqualifiable, Michel-Marie de la Motte sait rester magnanime.

Michel-Marie arrête là son laïus et rajoute :

— Marguerite, avez-vous quelque chose à objecter ?

— Non, Monsieur.

— Êtes-vous d'accord pour que ce licenciement se déroule de la sorte ?

— Oui, Monsieur.

— Je vais donc faire le nécessaire dans ce sens.

— Puis-je disposer ?

— Je vous en prie.

Chapitre 26

Marguerite sort de l'entretien, ébranlée. Tout son univers vient de s'effondrer. Bien que la sentence lui paraisse fondée, étant donné l'acte délictueux qu'elle a commis, elle est désemparée. Jamais pareil camouflet ne lui a été infligé. Toute sa vie, elle s'est efforcée de donner satisfaction à ses maîtres, parfois au détriment même de son propre intérêt. Voilà la façon dont elle a toujours procédé : *une intendante de qualité ne répond pas, ne manifeste pas sa mauvaise humeur ni sa fatigue. Une intendante de qualité, quelles que soient les circonstances, s'efforce de rester discrète et de ne pas importuner ses maîtres avec ses propres afflictions.*

Ah, comme il était agréable le temps où elle était au service exclusif des regrettés parents de Monsieur. C'était une époque extraordinaire ! La courtoisie était de règle, de part et d'autre, et madame Mère était d'une délicatesse exquise avec le personnel. Érudite, elle fréquentait des poètes, des cantatrices et des femmes du monde lettrées. Jamais, au grand jamais, les parents de Monsieur ne se seraient hasardés à fréquenter des personnes de médiocre réputation.

Marguerite rumine le déroulement des faits qui l'ont conduite à cette catastrophe. Il est certain que c'est le comportement de Monsieur qui a tout déclenché, même si, par la suite, c'est son enregistrement sur cassette qui a provoqué sa chute. Sans les airs de conspirateurs de ses clients d'octobre et la liasse de billets furtivement aperçue, elle ne se serait jamais lancée dans pareille aventure. Pourquoi l'a-t-elle fait ? Marguerite connaît par avance la réponse. Elle est suffisamment lucide pour savoir que l'origine de ses ennuis actuels vient d'une curiosité maladive qu'elle s'est toujours efforcée de cacher. De tout temps, elle a laissé ses oreilles traîner.

C'est un défaut qu'elle n'a naturellement jamais avoué à quiconque. Un défaut rédhibitoire pour prétendre aux fonctions qu'elle occupe. Intelligente et rouée, Marguerite a rapidement su transformer ce défaut en qualité. C'est en quelque sorte grâce à son désir de tout savoir qu'elle a pu évoluer si brillamment dans sa carrière ancillaire. Bien qu'elle ait été embauchée, les premiers temps, comme simple servante, le fait de tout connaître des gens qui l'entouraient lui a servi à gravir les marches du pouvoir à grande vitesse. Dotée de discernement, elle a, au fil du temps, appris à flatter les uns, à dénigrer les autres et réussi à écarter les importuns de sa route.

Aujourd'hui, cette curiosité revient en boomerang lui exploser à la figure. Pour une fois, elle est allée trop loin. Doutant des capacités d'analyse de Monsieur, elle s'est sentie invulnérable. Sans cette stupide fuite d'eau, jamais Monsieur, n'aurait eu la subtile idée de venir fouiller dans ses affaires. Il est bien trop imbu de lui-même pour cela. Ce coup-ci, sans le vouloir, elle doit reconnaître que Monsieur l'a bien eue.

Mais, Monsieur se trompe. Monsieur ne sait pas que, dans sa poche, elle détient une bombe à retardement qui peut détruire sa carrière. Comment le saurait-il, d'ailleurs, puisqu'elle ne sait pas elle-même comment cette carte a pu aboutir dans le jardin des *Lavandes* ? Elle est donc certaine que lui l'ignore également.

Parvenue dans son studio, Marguerite se rend compte des dégâts. Le plafond est encore tout auréolé d'humidité, sa baie vitrée est ouverte malgré le froid et les radiateurs ont été montés au maximum pour faire sécher l'atmosphère. Elle constate en fermant la porte que ses trois serrures ont sauté et qu'une serrure de mauvaise qualité a été hâtivement posée. La clé se trouve à l'intérieur, sur la porte. Son lit a été refait avec une literie sèche et propre. Il lui est donc possible de rester là quelques nuits, le temps que Monsieur lui donne officiellement son congé.

Irritée de s'être laissé prendre comme une bleue, Marguerite réfléchit. Pourquoi diable l'eau s'est-elle infiltrée dans son plafond ? Marguerite connaît la maison depuis des lustres. Malgré le mauvais état des pièces de cette aile qui n'ont plus été entretenues, elle se demande pourquoi une canalisation s'est éventrée juste pendant son absence. Elle a le parfait souvenir d'une salle d'eau située juste au-dessus de sa chambre. Cette pièce doit être à l'origine du dégât des eaux. Et si elle jetait un coup d'œil ?

Comme on l'a dit précédemment, Marguerite est curieuse. Marguerite aime comprendre et n'aime pas que les éléments aient prise sur son propre destin. *Puisque cette aile de la maison est inoccupée, profitons-en*, se dit-elle. *Au moins, je saurai quelle est la canalisation à l'origine du drame que je vis.*

Chaussée de pantoufles de laine, elle monte à l'étage en question, entre dans la salle d'eau et inspecte la pièce. Tiens, comme c'est bizarre se dit-elle, aucun travail de plomberie ou de maçonnerie ne semble avoir été effectué. La robinetterie du lavabo n'a pas été touchée, de même que les tuyaux d'arrivée et de sortie d'eau situés au-dessous. Aucune saignée n'a, non plus, été effectuée dans le plancher pour réparer une canalisation défectueuse. Marguerite ouvre le robinet. L'eau coule et se vide parfaitement. Le bouchon de fermeture et de vidange fonctionne.

Marguerite gamberge. Elle est presque certaine que c'est l'ouverture intempestive du robinet assorti de la fermeture du bouchon d'évacuation qui a provoqué l'inondation. Qui a bien pu ouvrir ce robinet sans le refermer alors que cette pièce ne sert plus depuis des lustres ?

Marguerite croit comprendre. Marguerite se doute. Marguerite sait. La seule chose plausible est un acte de malveillance de Monsieur. Monsieur s'est sans doute aperçu que la valise contenant les billets a été fermée à la hâte le 15 octobre, alors que précisément, ce jour-là, elle se trouvait juste dans l'angle de vue permettant d'en entrevoir le contenu. Peut-être, par un excès de confiance en elle-même, s'est-elle, de surcroît, attardée dans la pièce alors qu'aucune activité du service ne l'y obligeait. La fois suivante, en novembre, elle se souvient être sortie rapidement, ayant laissé, avant l'arrivée de ces messieurs, la fameuse cassette sous le canapé. Monsieur a-t-il deviné quelque chose et a-t-il provoqué cette fuite d'eau pour fouiller à dessein son studio ?

De retour dans son antre, Marguerite photographie avec son appareil portable les auréoles du plafond. Elle veut en avoir le cœur net. Même si cela ne sert à rien, elle veut savoir la vérité. Or, son temps est compté. Qui sait si Monsieur ne va pas lui donner son congé amiable dès demain ?

Remontée à l'étage supérieur, Marguerite ouvre largement le robinet ainsi que la bouche d'évacuation, redescend dans sa chambre et attend. Dans l'intervalle, elle prépare ses affaires et effectue quelques rangements. Deux heures durant, l'eau coule dans le lavabo sans qu'il ne se passe rien dans le plafond. Deux heures plus tard, elle remonte à pas de loup dans la salle d'eau. Ce coup-ci, tout en laissant le robinet ouvert, elle ferme la vidange dans le but de créer un mini-dégât des eaux. Un quart d'heure plus tard, son opinion est faite. L'auréole d'humidité s'agrandit et l'eau commence à perler au plafond au-dessus de sa literie. Après avoir tiré son lit et installé une bassine sous la fuite, elle remonte fermer le robinet, éponge soigneusement la pièce et redescend dans sa chambre. Trois heures durant, l'eau fait flip-flop dans la bassine.

Alors qu'elle est allongée dans son lit, les gouttes d'eau résonnent dans le baquet et dans sa tête ce qui, dans l'état où elle se trouve, constitue un véritable supplice. *Demain, je remettrai le lit en place*, se dit-elle. Personne ne se doutera de la contre-expérience que je viens de faire et, si quelqu'un le subodore, mon cas n'en sera pas aggravé pour autant. Au point où j'en suis !

Chapitre 27

Michel-Marie sort de l'entretien, soulagé. Marguerite ne lui a opposé aucun argument capable de contrer son plan de licenciement amiable. Bien au contraire. À sa grande surprise, elle a conforté son opinion d'une façon si nette qu'il en reste tout ébahi. *Oui, Monsieur, non Monsieur.* Rien d'autre n'est sorti de sa bouche. À aucun moment, elle n'a tenté de nier, de se défendre ou de se justifier.

Un, Marguerite admet être à l'origine de l'enregistrement pirate.

Deux, elle accepte sans sourciller d'être mise à la porte aux conditions qu'il a, lui-même, fixées.

Michel-Marie est pleinement satisfait. L'idée d'inonder son logis pour contourner la porte cadenassée s'est révélée féconde. Cette tactique ingénieuse lui a permis de confondre Marguerite et de la saisir, pratiquement, la main dans le sac. Il est donc parvenu brillamment à ses fins. Marguerite la coriace, la terrifiante, la rouée, a été battue à plate couture. Contre toute attente, elle a été mise KO, par lui, Michel-Marie.

Tout de même, quelque chose le tracasse. La joute, qui s'annonçait ardue, s'est déroulée avec une facilité déconcertante. Michel-Marie s'interroge quelques instants… Pourquoi Marguerite n'a-t-elle pas réagi ? Comment se fait-il qu'elle n'ait trouvé aucune parade ? L'explication lui vient, sans tarder, à l'esprit : hautaine, fière et digne, Marguerite, au vu de la cassette, a compris dans l'instant qu'elle avait perdu la partie. Point n'était besoin, pour elle, de combattre.

Habilement, elle a su tirer le meilleur parti de la situation par une attitude modeste. Surtout, ne rien contester, acquiescer à tout bout de champ et ne pas irriter son patron davantage pour tenter d'avoir son indulgence. Avec, en prime, la certitude que la faute grave, passée sous silence, ne viendrait pas grever ses références. Voilà les raisons de la défaite, en rase campagne, de Marguerite. Cette femme, une fois de plus, a brillé par l'attitude la plus intelligente qui soit. Chapeau l'artiste !

Reste le plus dur. Faire passer la pilule à Bérangère. Michel-Marie sort de son bureau et s'engage dans le corridor qui mène au petit salon. Étrangement, sa femme grignote un biscuit en regardant la télévision et ne lui prête qu'une attention distraite. Lui qui s'attendait à une crise, compte tenu de la façon dont il l'a mise à l'écart pour converser avec Marguerite, en reste pantois.

— Ah, c'est toi ? se contente de dire Bérangère.

— … ?

— Tu as mis Marguerite au courant de ton implication en politique ?

— Euh… Oui, mais comment le sais-tu ? demande Michel-Marie qui ne se souvient pas avoir mis sa femme dans la confidence.

— C'est mon petit doigt qui me l'a dit, fanfaronne Bérangère.

— Tu m'as vu à la télévision ?

— Eh bien oui. C'est comme ça que je l'ai su. C'est bien pour toi, non ? Pour moi aussi, peut-être…

— Euh, certainement, répond Michel-Marie, dont le cerveau fonctionne à toute allure.

— Et pour Marguerite, ça change quoi ?

Michel-Marie, ne sachant que dire, se contente d'improviser.

— Pour Marguerite, ça change tout.

— Ah bon ? demande Bérangère, soudain intriguée.

— Oui, tout.

— Comment ça, tout ?

— Eh bien, je vais avoir besoin de ses services…

— Oui, je me doutais bien que tu allais lui confier quelques broutilles.

— Non, Bérangère, ça n'est pas seulement quelques broutilles.

— Et c'est quoi alors ?

— Eh bien, tu connais les qualités d'organisation de Marguerite et la façon intelligente qu'elle a de tout gérer…

— Oui, bien sûr, je les connais.

Rien de plausible ne lui venant à l'esprit, Michel-Marie invente alors un futur avenir pour Marguerite. Malgré l'invraisemblance de son idée, il sait que sa femme va probablement la gober.

— J'ai proposé au Président de lui donner un poste où elle pourra m'aider de ses compétences. Naturellement, il est ravi et m'a chaleureusement remercié et…

— Tu veux dire le président de la République ?

— Oui, bien sûr. Il va donc falloir que je recrute quelqu'un d'autre !

— Mince et moi alors, je vais faire comment ?

— Écoute, ma chérie. Je vais te trouver quelqu'un de formidable. Ne t'inquiète pas. Je vais me faire aider par les services de la présidence, qui a mis à ma disposition un secteur de recrutement de personnes hyper compétentes. En plus, pour Marguerite, c'est une promotion extraordinaire. Dans tous les cas, je m'en occupe et tu sais bien que nous serons gagnants. Mon bras n'en sera que plus long.

Chapitre 28

Je suis sûre que vous m'avez complètement oubliée. Comme je me tiens tranquille au fond de ma pizzeria, vous vous êtes dit : « *elle s'est rangée des voitures, il ne lui arrive plus rien.* » Eh bien, vous vous gourez. Il m'arrive quand même des choses. Ou plutôt, une chose. Une chose que vous pouvez pas deviner. Une chose extraordinaire. Un truc pas possible. Je vous mets dans la confidence parce que c'est vous. D'habitude, avec ma pudeur de dingue, je raconte rien, même pas aux copines. Là, j'ai décidé de tout vous dire.

Voilà. Vous vous souvenez de mon copain Tino ? Vous savez, le patron de la pizzeria... Je vous en ai juste touché deux mots, car l'autre fois, je le connaissais à peine. Aujourd'hui, c'est pas que je le connaisse des masses – seulement depuis quelques jours –, mais malgré ça, c'est drôle, j'en pince pour lui. Je l'ai senti au premier regard. Les yeux de Tino étaient si doux, le jour où Charlie m'a présentée à lui, que j'ai failli fondre rien qu'en le regardant. Et moi, pour me faire fondre, je vous jure qu'il m'en faut.

En fait, pour tout vous dire, j'ai jamais fondu. D'abord, les mecs, tous les mecs que j'ai approchés, je les ai toujours vus arriver gros comme des maisons. La seule chose qu'ils voulaient, c'était me culbuter pour me trousser vite fait.

Eh bien, j'ai quand même fini par tomber dans le panneau. Vous vous demandez, sans doute, pourquoi je me suis fait avoir, puisque je les voyais venir avec leurs gros sabots et qu'en plus, vous le savez, j'ai ma petite dignité. Il faut donc que je vous explique. En fait, c'est tout simple : c'était juste pour voir que j'ai tenté le coup. Pour voir ce que ça faisait. Pour faire comme tout le monde.

Les filles parlaient des mecs avec de tels trémolos dans la voix et faisaient de telles simagrées pour les aguicher que je me suis dit *ma vieille, ça doit être un truc de folie, l'amour.* D'abord, tout le monde en parle. Pas un journal ne fait l'impasse sur ce sujet hautement brûlant. En plus, au cinéma, je ne sais pas si vous y allez, mais ils ne sont jamais en reste. Sur les écrans du quartier, je voyais les nanas et les mecs énamourés se déshabiller fébrilement, s'arracher les vêtements comme des bêtes, s'embrasser à bouche que veux-tu, pour finir par se prendre sur un coin de table ou contre un mur, tellement ils en pouvaient plus. Dans la salle de ciné, je sentais tout le monde frémir, y compris moi, qui devais être la seule tarte à jamais avoir vécu un truc pareil. J'étais jeune, aussi. Ceci explique cela.

Donc, un jour, je me suis lancée. Tout y était. Un mec superbe avec un jean moulant, une démarche à la Brad Pitt, une voiture décapotable. Toutes les filles couraient après lui. Naturellement, moi, non. Comme je vous l'ai dit, j'ai ma petite dignité. Je risquais pas de lui laisser penser que je l'avais à l'œil. En plus, je craignais de me ramasser une veste et de voir mon amour-propre en prendre un coup. En quelque sorte, j'attendais, sans trop y croire. Or, un soir, dans une boîte, alors que j'étais seule dans un coin à faire tapisserie, le mec – le copier-coller de Pitt – s'approche de moi.

Il me dit :

— Pourquoi tu restes seule ? Tu aimes pas danser ?

— Oui, j'aime bien, mais je suis hyper nulle, alors…

— Mais ça fait rien. Tu es quand même bien roulée… On pourrait passer un moment ensemble, après. Et là, il y a pas besoin de savoir. Ça vient tout seul.

Bon, je sais pas vous, mais moi, ça me gonfle, ces travaux d'approche minimum. Je me disais *pour qui il se prend, ce type ? Il croit que le train m'est passé dessus ?* Pas question. Je me suis levée, j'ai pris mon manteau et je suis partie. Dehors, il faisait froid et y avait personne. Après l'atmosphère surchauffée de la boîte de nuit, l'air frais me faisait du bien à l'âme. Je faisais quelques pas tout en réfléchissant à sa proposition de mufle, quand j'entends des pas derrière moi. Intriguée, je me retourne, c'était lui, le Pitt :

— Qu'est-ce qu'il y a ? il me dit.

— Y'a rien, je rentre chez moi.

— Pourquoi, je te plais pas ?

— Pas des masses.

— Comment, pas des masses, ça veut dire quoi, pas des masses ?

— Ça veut dire ce que ça veut dire. Si tu comprends pas, c'est que tu es bouché.

— Quoi, je suis pas ton genre, tu veux dire ?

— Oui. Pas du tout mon genre.

— On me l'a jamais dit.

— Ben tu vois, tout arrive.

— Pourtant, il plaît aux filles, mon genre, d'habitude.

— Ben, pas à moi.

— C'est quoi qui te plaît pas ?

— Tu crois qu'il te suffit de te pointer avec ta belle gueule pour emballer une fille ?

— Ben oui, je fais toujours comme ça et ça marche.

— Pas avec moi.

— Et il faut faire quoi pour plaire à Madame ?

— Je ne suis pas un mec. J'en sais rien. C'est à toi de trouver.

Bref, vous l'aurez compris, le mec je lui ai pas rendu la vie facile. Les jours suivants, il a sorti le grand jeu. Balade au bord des quais, petit resto en tête-à-tête, bougies, verres à pied, regard langoureux. Et moi, devant tout ce tintouin, j'ai cédé. On est allés chez lui. Et vous savez quoi ? Ça n'a pas été le feu d'artifice attendu. Mais alors pas du tout. Lui, il avait hâte de tout expédier et moi, que ça finisse. En cinq minutes, c'était plié.

Je me suis dit *c'est des bobards ou quoi, ce qu'elles racontent, les copines !? C'est pas terrible, ce truc. Pas de quoi en faire tout ce plat. Alors, y a pas trente-six solutions. Il y en a deux : ou je suis pas normale, ou le mec s'y est mal pris.*

Kevin, il s'appelait. C'était joli, pourtant, comme nom !

Les fois suivantes, c'est même pas la peine que j'en dise un mot. Même topo. Même rapidité. Même ennui. Naturellement, j'ai rien dit à personne. Je me suis gardé ce gros détail pour moi. Nulle j'étais, nulle je resterais. J'ai alors décidé de stopper toute activité amoureuse jusqu'à ce que je rencontre Tino. Vous le sentiez bien, hein, que j'allais parler de lui ?

Alors là, ça va être difficile de trouver les mots. Parce que le Tino, c'est tout le contraire de l'autre flan. D'abord, Tino, il m'a rien demandé. Il s'est contenté d'être là. En silence. Quand je dis en silence, ça veut dire en silence sur les ficelles de la drague. Sinon, il parle volontiers, le Tino. Et moi aussi. En plus, quand je parle de Tino, j'ai envie d'être lyrique, ce qui est hyper rare. Car, une douceur pareille, c'est pas croyable. Y a pas que ses yeux qui sont doux à vous faire fondre. Sa voix aussi, suave, voilée et dont l'accent italien vous enrobe d'amour.

Tino, il chante toute la journée. Des trucs d'un autre monde. Je lui dis : « *C'est quoi, ces chansons, Tino ?* » Il dit : « *Tu connais pas ? C'est du Paolo Conte.* » Une autre fois, il m'a carrément tuée. Il chantait Nicole Croisille. Vous la connaissez, vous, celle-là ? Moi, non. C'est pas de mon époque. Il chantait une merveille, le Tino. Une chanson pas possible, à retourner les sens de la femme la plus froide. Je vous donne les paroles, de mémoire. J'espère pas me gourer. Dommage que je puisse pas vous mettre la musique. C'était trop bon.

Tu étais gai comme un Italien
Quand il sait qu'il aura de l'amour et du vin
Ton visage était grave et ton sourire clair
Je marchais tout droit vers ta lumière
Parce que tu es un homme et que tu es gentil
Et tu sais rendre belles nos vies
Toi tu es gai comme un Italien
Quand il sait qu'il aura de l'amour et du vin
Et pour la première fois

Je me suis enfin sentie :
Femme, femme, une femme avec toi
Femme, femme, une femme avec toi.

Donc, vous imaginez la suite. Un jour où j'avais les mains dans la farine de la pâte à pizza, il a mis les mains sur mes épaules. Je les ai senties chaudes et des ondes de tendresse ont irradié, à partir de ce toucher, dans mon corps jusqu'à mes doigts de pieds. J'étais tellement troublée que c'est moi qui ai pris les devants. J'ai laissé ma farine, je me suis retournée. Nous étions seuls. J'ai levé la tête vers son visage.

La suite, je vous la raconte pas. Je vous laisse deviner. Un miracle s'est produit dans la petite chambre donnant sur les palettes de bouteilles. Si si. Rigolez pas. Sans bruit. Sans brusquerie. Enveloppés d'une tendresse incroyable, des foyers lumineux ont éclaté dans ma chair jusqu'à presque dissoudre les contours de ma peau. C'était comme si j'étais fondue dans l'immensité sacrée du cosmos.

Bon. J'arrête. Vous allez penser que je suis fondue pour de bon.

Chapitre 29

Ça y est ! Marguerite a plié bagage.

Après lui avoir fait signer la feuille de licenciement, Monsieur a pris les choses en main avec une rare élégance. Marguerite, elle-même, est bien obligée de l'admettre. En présence de Madame qui – une fois n'est pas coutume – est prête à l'heure, Monsieur a pris le soin de convoquer le personnel au grand complet dans le majestueux salon du premier pour annoncer le départ de son intendante. Avec l'appartement de Marguerite, ce salon d'époque est le seul rescapé de la tourmente architecturale qu'a subi le reste de la maison.

Après avoir attendu que la pendule ancestrale finisse d'égrener les douze coups de midi, Monsieur appelle Marguerite à venir s'intercaler entre lui et son épouse, sur une petite estrade spécialement aménagée pour les occasions officielles. Il s'éclaircit la voix puis, avec des mots choisis, renseigne tout le monde sur les raisons de ce départ inattendu.

Il commence par insister sur les compétences dont Marguerite a toujours su faire preuve, talent reconnu de tous – même au loin –, ce qui explique qu'elle est appelée à exercer de nouvelles fonctions à l'extérieur de la maison. Si cette évolution de carrière est capitale pour l'intéressée, Monsieur tient à souligner que c'est avec un pincement au cœur que lui et son épouse acceptent cette mutation qui va les priver d'une personne de qualité, d'autant que chercher et trouver une remplaçante ne va pas être chose aisée.

Il annonce, pour finir, qu'il souhaite lui offrir un cadeau qui lui tient particulièrement à cœur, puisqu'il s'agit d'un collier en or de Madame sa mère. Passablement ému devant l'auditoire silencieux, il passe lui-même le collier au cou de son intendante et lui serre chaleureusement la main. Son épouse, elle, s'autorise, devant tout le monde à la prendre dans ses bras et lui souhaite bonne chance avec des yeux mouillés et une petite voix.

La suite était prévisible. Marguerite prend brièvement la parole pour remercier ses maîtres de leur générosité et de l'occasion qu'ils lui offrent de pouvoir dire au revoir à tout le monde. Après des applaudissements nourris, des bouteilles de champagne sont ouvertes et le pétillant breuvage est servi dans de belles coupes préalablement disposées sur la grande table avec divers assortiments salés. Marguerite a donc le loisir de dire un mot et de faire ses adieux à tout un chacun. De l'avis général, les de la Motte, comme à l'accoutumée, ont bien fait les choses.

À 14 heures, la cérémonie étant terminée, Marguerite descend le grand escalier avec, au bout du bras droit, une petite valise de voyage. Monsieur lui a fait savoir qu'une fois installée dans son nouveau logis, il lui ferait naturellement parvenir le reste de ses affaires. Après un mouvement d'adieu de la main au personnel encore amassé sur le balcon, elle se retrouve dans la grande avenue.

Marguerite, une dernière fois, se retourne. Ce coup-ci, elle est bien seule. L'hôtel particulier des de la Motte construit depuis des siècles lui en impose plus que jamais et augmente encore davantage l'impression qu'elle a d'avoir été abandonnée. Elle longe à pas lents le mur d'enceinte qui entoure la maison avant de voir définitivement disparaître le bel édifice.

Désappointée par son renvoi si rapide, Marguerite n'a trouvé d'autre solution que de louer un petit appartement meublé dans un quartier lointain. Les prix en sont beaucoup plus modiques et elle ne risquera pas, à tout instant, de se trouver nez à nez avec quelqu'un de sa connaissance. Pour faire son choix, Marguerite s'est contentée des photos et du clip mis en ligne sur le site de l'agent immobilier. Cette agence, contactée par Internet, a donné à Marguerite la possibilité de remplir et de signer tous les papiers sans avoir à se déplacer. Toute la logistique – électricité, charges, chauffage, WiFi… – a pu également être réglée à distance. Une fois de plus, elle constate que l'époque moderne a tout de même du bon. Il est possible, aujourd'hui, de prendre possession d'un logis sans même l'avoir visité.

Épuisée par tant d'émotions et de contrariétés, Marguerite – à qui les clés ont été envoyées par courrier postal – prend possession des lieux. Même si rien n'est très luxueux, tout est impeccablement propre. Des meubles Ikea servent de mobilier. La literie est fournie par l'agence et les draps ont été parfaitement tirés sur le lit par le service d'entretien. Une couette blanche sert de dessus de lit. Il n'y a donc rien à redire. Après un repas frugal et une brève toilette, épuisée, elle enfile sa chemise de nuit et s'endort d'un coup, remettant au lendemain les décisions à prendre pour organiser sa vie future.

Au matin, après un solide petit-déjeuner, Marguerite – qui a pris pour habitude de toujours battre le fer quand il est chaud – se met à l'œuvre. Son naturel combatif la pousse à se venger, dans l'heure, de l'affront qui lui a été fait, même si Monsieur s'est appliqué à mettre les formes. Pourquoi les a-t-il mises, d'ailleurs ? Marguerite se le demande. Il aurait parfaitement pu la jeter comme une malpropre étant donné que lui-même a traité sa conduite d'inqualifiable. Elle l'a trahi, c'est un fait. C'est une faute grave qui méritait sanction. Pourquoi cette mise en scène ? Eh bien, c'est tout simple.

Monsieur a compris qu'elle a vu la liasse de billets et que c'est pour cette raison qu'elle a décidé d'effectuer des enregistrements, au risque de perdre sa place. Après avoir fouillé sa chambre, il pense que Marguerite n'a plus en main aucune preuve tangible de ses malversations. Ce qui est vrai. Mais, pour couper court à toute suspicion, Monsieur a pris la peine d'organiser un départ digne d'une reine en mettant les petits plats dans les grands. Monsieur se croit, maintenant, absolument tranquille.

En effet, sans l'existence de la carte Décathlon, Marguerite n'a aucun grain à moudre. Sauf que Marguerite a du grain. Beaucoup de grain. La carte Décathlon existe bien. Elle seule en a la possession et, en plus, en double. Monsieur l'ignore, mais, rancunière, elle compte en faire bon usage. Ce joker formidable va être, en effet, l'instrument de sa vengeance.

C'est naturellement la première fois qu'elle se trouve dans ce cas de figure. Marguerite réfléchit intensément. Que faire ? Comment procéder ? À part les amis de son maître auxquels il n'est pas question de se confier, elle ne connaît personne. Vers qui se tourner ? Un avocat, un notaire ? Trop chers. La police ? Selon elle, trop bête.

Tout à coup, une idée ingénieuse lui traverse l'esprit.

Marguerite a toujours pris le soin d'écouter les infos. Confinée dans ce château d'un autre siècle, elle a toujours su qu'il était préférable pour elle de garder un œil ouvert sur le monde. Elle a bien fait. Elle sait donc que les journaux mènent leurs propres enquêtes, possèdent leurs sources – qu'ils tiennent cachées – et que de ce fait, par le passé, il leur a été possible de dévoiler quelques affaires retentissantes.

L'intention de Marguerite est donc, à présent, d'utiliser la voie journalistique pour rendre publiques les malversations de son maître. Ignorante du fonctionnement de la presse, elle décide de consulter Internet, qui lui a souvent rendu de fiers services. Il suffit de s'adresser à un bon moteur de recherche pour obtenir, en un temps record, les explications que l'on souhaite. Aussitôt dit, aussitôt fait. Marguerite ouvre son portable et tombe sur une première information d'importance. Avec grande satisfaction, elle observe qu'il est en effet écrit, noir sur blanc, à plusieurs reprises et sur des sites différents, que la révélation de faits de corruption est un devoir citoyen. N'est-elle pas alors parfaitement dans son droit ?

Confortée par le fait qu'aujourd'hui la société civile est appelée de façon fréquente à fournir des renseignements aux journaux, Marguerite est de plus en plus décidée à se faire entendre. Elle explore alors tous les moyens pour entrer en relation avec lesdits journaux et leur remettre le dossier explosif qu'elle a en main. Hélas, Internet lui paraît être un monde trouble. Des voies existent, mais elle ne trouve pas de moyen simple pour entrer en contact avec un interlocuteur fiable. Bien sûr, il est partout possible d'envoyer des documents de façon cryptée, mais il est rappelé, également, qu'il est préférable de faire attention à la confidentialité des données transmises ainsi qu'à leur recevabilité. Rien de tout cela ne lui convient. Marguerite aime aller droit au but.

Inquiète de ne pas être entendue, elle décide alors d'écrire au directeur d'un journal de haute tenue – pas question de passer par des torchons people – et de grande diffusion. Tout ceci par voie postale recommandée.

Marguerite n'y va pas par quatre chemins. Dans un courrier, bref mais tonitruant, après avoir décliné son identité et ses coordonnées téléphoniques, madame Grommel demande un rendez-vous avec le directeur du journal au motif qu'elle a des déclarations à faire à la presse d'une telle importance qu'elles sont en mesure de faire trembler le socle de la République. Elle ajoute en P.-S. qu'elle ne souhaite pas demeurer une source cachée. Bien au contraire.

Chapitre 30

Hubert Deschamps regarde la télévision. Fatigué par les interventions chirurgicales qu'il a pratiquées depuis le matin, il a décidé de prendre un moment de repos en regardant les infos. En dehors de son travail qui occupe toutes ses journées et une partie de ses nuits, ses seuls moments libres sont consacrés à s'informer sur l'état du monde. Professeur de neurochirurgie dans un grand hôpital parisien, Hubert a gravi les échelons de sa carrière à force de travail et de volonté. Issu d'une famille modeste, il doit sa réussite professionnelle à sa personnalité forte et équilibrée. Grâce à son esprit de décision, une importante faculté de concentration et une grande habileté manuelle, sa renommée s'est rapidement répandue en France et au-delà, au point d'être sollicité dans de nombreux pays étrangers. Se rendre à des congrès aux quatre coins du monde est donc pour lui chose fréquente.

Ce soir, il est enfin tranquille. Sa femme, Charlotte, est en train de préparer le plateau télévision qui leur permet le soir de regarder, de temps en temps, un bon film.

Une fois le générique des informations passé, la présentatrice égrène les sujets du jour. Le premier de la liste fait lever les sourcils d'Hubert. Un conseiller du président de la République serait compromis dans une affaire de fraude fiscale et de blanchiment d'argent à laquelle s'ajoutent des soupçons de financement politique occulte.

— Charlotte ! crie Hubert à l'intention de sa femme.

— …

— Charlotte, viens, dépêche… !

— Oui, j'arrive. Je ne peux pas aller plus vite que la musique… Qu'est-ce qu'il y a ?

— Ben, écoute la télé. Le mari de ta copine Bérangère est sous les feux de la rampe.

— Ah bon ? Qu'est-ce qu'il a fait ?

— Chut ! Pour l'instant, il n'y a que les gros titres.

Charlotte pose en silence le plateau sur la table basse et s'assoit dans le canapé aux côtés de son époux.

Après avoir listé les autres titres du soir, la présentatrice donne des détails plus précis sur l'affaire. Le conseiller du président de la République, suspecté d'être compromis dans des affaires illicites, est peu connu du grand public. Il se nomme Michel-Marie de la Motte. Né dans une famille aristocratique richissime, il a su habilement faire fructifier les affaires de la famille, au point que son entreprise figure maintenant au CAC 40. Cette brillante réussite a été naturellement remarquée dans les milieux financiers, mais sa renommée a fait tache d'huile dans les milieux politiques, au point qu'il a été chargé par le Président depuis trois mois d'animer une commission devant réfléchir au redressement du pays. Étant donné la perspective imminente des prochaines élections, l'affaire tombe mal pour l'Élysée qui, pour l'instant, s'est abstenu de tout commentaire.

C'est le journal à grand tirage *Paris Presse* qui a publié un article assorti de nombreux extraits de documents mettant en cause directement le conseiller spécial du Président. Pour l'instant, les informations restent au conditionnel, car la plus grande prudence s'impose en raison de la présomption d'innocence qui doit toujours rester présente à l'esprit. Une certaine Marguerite Grommel, intendante de monsieur de la Motte, aurait découvert dans une des innombrables propriétés de cet aristocrate une clé USB publicitaire à l'enseigne Décathlon. Croyant avoir affaire à une réclame, madame Grommel a été stupéfaite de découvrir son contenu, qui lui semble ne laisser aucun doute sur le comportement délictueux de son patron. Celle par qui le scandale arrive affirme, par ailleurs, avoir été flouée par celui qui, sous prétexte de la muter vers une carrière plus lucrative, l'a bel et bien congédiée, sans la prévenir.

La présentatrice fait alors état d'un bref communiqué diffusé, de son côté, par monsieur de la Motte. Dans ce communiqué, monsieur de la Motte assure que ce prétendu élément matériel n'est pas convaincant et qu'il doit s'agir d'un faux publié pour le discréditer et atteindre – par son intermédiaire – le président de la République, à l'approche des prochaines élections.

L'émission spéciale est alors interrompue par quelques minutes de publicité, comme à l'accoutumée. Le couple Deschamps n'a pas touché au plateau dont le contenu refroidi est figé. Personne ne dit mot. C'est Hubert qui lance la première interrogation.

— C'est quoi, cette histoire, tu étais au courant ?

Charlotte, inquiète pour son amie et stupéfaite de ce qu'elle vient d'entendre, répond :

— Non, bien sûr. La seule chose que je savais, c'est que Michel-Marie était entré en politique auprès du Président. Nous l'avons appris avec Bérangère à la télévision pendant notre séjour aux *Lavandes*. Elle n'avait pas l'air au courant non plus.

— Je ne suis pas vraiment étonné, elle n'a pas l'air très finouche, ta copine. Si en plus, son mari est malhonnête, où va-t-on ? Et cette Marguerite, tu la connais ?

— Bien sûr, elle est venue avec nous et s'est occupée de gérer la conduite de la maison.

— Et elle te semble comment, cette femme ?

— Eh bien, j'ai une excellente opinion du travail qu'elle accomplit. Mais comme elle est volontiers mutique, je ne peux pas en dire grand-chose.

— Et Michel-Marie, comment tu le trouves ?

— Je ne le vois pratiquement jamais et toujours en coup de vent. La seule personne que je connaisse vraiment, c'est Bérangère qui, souvent, je te le concède, me paraît très légère.

— Bon, les mêmes informations tournent en boucle sur toutes les télés. Nous n'apprendrons plus rien. Si nous mangions un peu ? Ça suffit pour ce soir. Après, nous irons nous reposer, hein, Charlotte ? Ne t'inquiète pas, ma chérie. Les hommes puissants passent presque toujours au travers des filets de la justice. Je ne pense pas que ta copine risque grand-chose. On aura plus de nouvelles dans les jours qui viennent.

Chapitre 31

Charlotte Deschamps qui, d'ordinaire, n'a pas une passion pour l'actualité, passe sa journée du lendemain devant la télévision à l'affût de la moindre nouvelle concernant l'affaire de la Motte. Intriguée que les accusations portées contre Michel-Marie fassent la Une de tous les médias, elle veut se faire sa propre idée et en avoir le cœur net. Charlotte est, en effet, amie avec Bérangère depuis une dizaine d'années et l'aime bien, malgré – ou grâce à – son caractère frivole et versatile.

Les deux femmes se sont connues le soir de l'inauguration d'une galerie d'art contemporain. Le Tout-Paris était présent dans le grand hall où chacun ne manquait pas de s'extasier devant la beauté des œuvres exposées. Or il y avait, ce soir-là, dévoilées pour la première fois au public, les œuvres d'un artiste tchèque renommé.

Les deux jeunes femmes, qui ne s'étaient jamais vues auparavant, se trouvèrent par hasard, au même moment, seules dans un espace d'environ quinze mètres carrés, entièrement consacré à l'une de ses œuvres les plus représentatives, qui trônait au centre de la pièce. Le précieux objet d'art était entouré par un cordon rouge, lui-même soutenu par des piquets d'acier brossé, afin d'éviter que quelqu'un le touche ou l'abîme.

Il s'agissait d'une machine à laver entourée de son emballage en carton d'origine, tellement usagé qu'il en manquait des bouts et qu'une grosse ficelle en assurait le maintien. C'était précisément les manques de carton qui laissaient entrevoir la nature véritable de l'objet. La genèse de cette œuvre ultra-moderne était vantée sur l'un des murs de l'enceinte. On pouvait en effet voir de loin – sur une plaque blanche bordée d'acier, apposée près de l'entrée – quelques lignes écrites en noir et blanc destinées à éclairer le public sur la signification de l'objet d'art présenté.

Il se trouve que les deux femmes se précipitèrent, dans un même mouvement, pour lire le fameux commentaire.

Titre : Machine à laver au rebut.

Auteur : Bozidar Rúžička.

Né en 1982, Bozidar Rúžička développe un art qui remet en question notre rapport avec le réel. En ce sens, il interroge le spectateur et lui propose de tout repenser en créant de nouvelles normes qui déjouent ostensiblement les règles du beau. La surprise créée fait abandonner tous les préjugés. L'art de Bozidar Rúžička réside en un réductionnisme tel qu'il promeut les objets du quotidien, rebuts de la société de consommation. Il met ainsi en lumière ce qui est à l'œuvre au sein de notre environnement avec le souci, soit de déranger celui qui regarde, soit, au contraire, de lui faire vénérer un objet qui a été au cœur de notre quotidien et qui, en fin de course, est désormais voué au rebut. C'est un endroit où il se passe quelque chose de très fort.

Valeur : 0,7 million de $.

C'est à ce moment-là que Bérangère – emportée par un des accès de sincérité dont elle a parfois le secret – prit à témoin, à haute voix, sa voisine inconnue : « *C'est pourtant de la merde, ce truc, il s'est pas foulé, le Bozidar.* »

Au moment précis où les regards des deux jeunes femmes se croisèrent, le fou rire éclata. Un fou rire inextinguible qui leur secouait les épaules et leur tirait des larmes. À chaque regard de l'une vers l'autre, le fou rire reprenait. Lorsqu'un monsieur entre deux âges entra dans le Saint des Saints, ne pouvant stopper leur hilarité qui était à son comble, Bérangère eut une idée : « *Allons dans les toilettes nous calmer. Je sais où elles se trouvent* ».

De ce jour, leur amitié était née.

Charlotte a été surprise, les premiers temps, du luxe dans lequel vivait sa nouvelle amie. La magnificence de l'hôtel particulier, le train de vie que menaient les de la Motte ainsi que leur nombreuse domesticité ne laissaient pas de l'étonner. Comme la spontanéité de Bérangère tranchait avec le côté guindé des lieux et des rituels, Charlotte a été charmée, elle qui n'avait jamais vécu une amitié de cette sorte, à la fois légère et fascinante. Aussi, malgré la différence évidente de leur statut social, leur amitié a perduré.

Aujourd'hui, Charlotte est triste. Elle sent que Bérangère est dans de graves ennuis. Elle n'ose lui téléphoner. Pourtant, elle n'imagine pas une seconde qu'elle soit impliquée dans cette affaire. Elle sait que Bérangère ne comprend pas grand-chose aux réalités de la vie. Elle sait que sous ses airs splendides, son amie est fragile, parfois infantile, et angoissée à la moindre contrariété. Voilà pourquoi, aujourd'hui, elle zappe sur tous les sites d'information télévisée et achète nombre de journaux au kiosque voisin. Charlotte souhaiterait connaître le fin mot de l'histoire. Elle voudrait, de toutes ses forces, que cette affaire se termine sans encombre pour Michel-Marie et par là même pour son amie. Donc, voilà à nouveau Charlotte devant le poste de télévision, qui reste allumé en permanence dans toutes les pièces.

Charlotte apprend qu'une source proche du dossier contredit l'article de *Paris Presse* et remet en cause la version de l'intendante. Cette source, en effet, indique que monsieur de la Motte, de son côté, a en sa possession une cassette enregistrée à son insu par madame Grommel lorsqu'il recevait des hôtes de marque. Monsieur de la Motte a remis à la justice cette nouvelle pièce à conviction. La police n'aura, selon lui, aucune difficulté à identifier sur cette pièce les empreintes de madame Grommel ainsi qu'une étiquette écrite de sa main. Il affirme, par ailleurs, avoir eu à ce sujet un entretien avec cette dernière, entretien au cours duquel elle a parfaitement reconnu avoir réalisé, elle-même, cet enregistrement frauduleux.

Madame Grommel, quant à elle, conteste cette version des faits. Elle affirme qu'elle a effectivement eu en main ladite cassette que Monsieur lui a remise. Monsieur souhaitait, en effet, qu'elle y appose une étiquette portant ses initiales et la date du jour de la réunion afin de pouvoir utiliser l'enregistrement pour en faire un compte rendu à tête reposée. Il est donc tout naturel que ses empreintes et son écriture y figurent. Toutes les allégations de Monsieur concernant cette cassette sont donc mensongères.

Elle ajoute, par ailleurs, que monsieur de la Motte ne l'a pas officiellement renvoyée. Bien au contraire. Il lui a fait miroiter la possibilité d'une mutation en vue de l'obtention d'un poste plus rémunérateur. Tout le personnel du château en est témoin. Monsieur et Madame ont organisé lors de cette prétendue mutation une cérémonie d'adieu au cours de laquelle ce futur poste prestigieux a été évoqué. À cette occasion, Monsieur s'est donné la peine de lui offrir un collier de prix de sa défunte mère. Ce n'est que par la suite que madame Grommel s'est rendu compte que Monsieur l'avait trompée. Elle n'avait aucun moyen d'assurer sa subsistance hormis la rente qu'il avait bien voulu lui allouer pour deux ans, afin sans doute d'acheter son silence quant à ses activités illicites. Ces actes frauduleux sont d'ailleurs parfaitement corroborés par les documents téléchargés sur la clé USB Décathlon dont elle ignore toujours l'origine.

Charlotte est effondrée. Les accusations contre Michel-Marie rendues publiques par *Paris Presse* paraissent fondées. La version de Marguerite tient la route. L'avenir de Michel-Marie et de son épouse semble donc compromis. Charlotte réfléchit. Que faire ? Comment aider son amie ? Vers qui se tourner ?

C'est alors qu'elle se souvient qu'elle a eu avec Bérangère une conversation surréaliste au sujet du vol de son sac et de sa restitution par une inconnue à la boutique de Viviane Roussel. Bérangère a-t-elle inventé cet épisode ? L'a-t-elle rêvé ? S'est-il réellement produit ? Jusque-là, Charlotte n'a prêté qu'une attention peu soutenue aux allégations farfelues de son amie. Tout lui a paru tellement invraisemblable que cette histoire lui est presque sortie de la tête. Plus elle y réfléchit, plus les choses lui reviennent en mémoire. Bérangère n'a-t-elle pas parlé d'une clé USB secrète que son mari souhaitait mettre à l'abri des regards dans un coffre de la banque ? Et cette fameuse femme qui, par une sorte d'enchantement, a rendu le sac : a-t-elle jamais existé ? Est-elle le fruit de l'imagination toujours galopante de Bérangère ?

Une fois cette idée ressortie des oubliettes de sa mémoire, Charlotte rumine. Charlotte veut savoir. Charlotte veut battre le fer tant qu'il est chaud. Charlotte n'en peut plus. Charlotte veut avoir, tout de suite, la version de Viviane.

Justement, Hubert ne rentre pas ce soir. Il est 19 heures. La boutique ferme à 19 h 30. Le temps de prendre un manteau et de faire les quelque huit cents mètres qui séparent son appartement du magasin, et Charlotte sera à son poste pour tenter d'avoir le fin mot de l'histoire.

Parvenue devant la porte vitrée, elle adresse un sourire de connivence à Viviane qui, aussitôt, accourt vers elle pour déverrouiller la porte.

— Ah, bonjour, Madame Deschamps, vous êtes bien tardive !

— Oui, pardonnez-moi. Peut-être souhaitez-vous fermer… Je vous dérange, sans doute ? Je peux revenir…

— Non, pas du tout. Je faisais quelques rangements avant de baisser le volet roulant. Je ne suis pas du tout pressée. Qu'est-ce qui vous amène ? Ça me fait plaisir de vous voir.

— Eh bien, à vrai dire, je ne sais par quel bout commencer… Je pense que vous êtes au courant de l'histoire qui arrive aux de la Motte, je suis toute retournée et…

— Bien sûr, j'ai suivi cela de près et moi-même je m'interroge. J'ai bien peur que madame Bérangère ne tienne pas le coup.

— Ah, vous aussi… Figurez-vous que je suis très inquiète pour la suite…

— Tout dépendra de l'issue de l'affaire, espérons que cela se termine pour le mieux. Dans ce genre d'histoire, tous les revirements sont possibles.

— Oui, il faut garder espoir, bien entendu, mais je suis venue vous voir, car quelque chose me chiffonne.

— Ah, si je peux vous être utile…

— Eh bien voilà. Vous connaissez madame de la Motte et sa faculté de monter parfois de petits événements en épingle, voire de broder dessus pour les enjoliver…

Viviane Roussel hésite à acquiescer à cette assertion qui lui semble peu flatteuse pour sa riche cliente. Elle se contente de prendre un air intéressé, sans hocher la tête en signe d'approbation. Charlotte Deschamps, enhardie par l'écoute attentive de Viviane, décide alors de lui parler franchement. Elle fait part à Viviane de la conversation qu'elle a eue avec Bérangère à l'époque du vol de la voiture, lui parle de la présence d'un chat qui rôdait par-là et de la restitution du sac le lendemain par une inconnue à lunettes.

Viviane, pourtant tenue au secret par la promesse faite à madame de la Motte, voyant que cette dernière a tout confié, également, à madame Deschamps, lui confirme alors la véracité de toute l'histoire.

— Eh bien, Madame Deschamps, tout s'est exactement déroulé de la façon dont votre amie vous l'a conté. Je m'en souviens comme si c'était hier. Une dame, pas mal de sa personne, a sonné à ma porte. Elle était vêtue d'un manteau de tweed. Elle portait des lunettes de myope et un bonnet de laine. Vous ne pouvez pas savoir comme j'étais contente de la voir me rapporter ce sac perdu qui tracassait tant madame de la Motte. Marie Dubois, elle s'appelait. Nous avons examiné le contenu du sac ensemble. Tout y était. Y compris une grosse somme d'argent et un joli briquet en diamant de joaillier. Vous imaginez bien que j'ai aussitôt prévenu madame de la Motte. Cette fois-là, c'est vrai, elle a eu une chance incroyable. Aujourd'hui, malheureusement, ce n'est pas le cas. Ses ennuis me semblent autrement plus graves.

— Oui, c'est une histoire peu commune de retrouver son sac intact après l'avoir cru perdu à tout jamais. Bon, je ne veux pas vous retarder davantage, c'est déjà gentil à vous de m'avoir écoutée. Vous savez à quel point je suis attachée à madame de la Motte, je ne savais à qui confier mon désarroi. Et encore merci de m'avoir consacré un peu de votre temps. Bonne soirée, Viviane, et à bientôt.

Chapitre 32

Mon pressentiment était le bon. Cette affaire va finir par me retomber sur le pif. Depuis le début, je le sentais. J'aurais jamais dû me mêler des affaires des riches. Les riches, ils sont séparés des pauvres par l'argent, bien sûr, mais aussi par une barrière invisible qu'il ne faut pas franchir. Et moi, je me suis immiscée dans leur monde. Pas beaucoup, vous me direz, mais quand même. Un simple vol de voiture m'a donné un pouvoir de nuisance inouï.

Je dis ça parce que, depuis quelques jours, je mate la télé comme une malade. Je me rends compte que c'est moi qui ai planté la panique dans le monde tranquille des nantis. Comme quoi, l'impulsion d'une pauvresse peut avoir des répercussions pas possibles, jusque dans les entreprises du CAC 40.

Je vous dis ça, car j'ai appris ce matin aux infos que le père de la Motte, à cause de moi qui suis une rien du tout, il risque de se retrouver en taule. La mère Marguerite, vous savez, celle qui m'a foutu une trouille pas possible derrière le taillis des *Lavandes*, eh bien, celle-là, elle a dû tomber sur la carte Décathlon que j'avais dans mon jean. Elle l'a ouverte et a eu, comme moi, l'impression que son patron magouillait dans des histoires louches. Ni une ni deux, elle a tout balancé aux flics. Elle devait avoir de sacrées boules après lui pour avoir fait un truc aussi dégueu.

Comme quoi, même quand on n'est pas grand-chose, un simple geste peut nous amener à planter la merde. Plus je réfléchis à toute cette histoire, plus je me rends compte que c'est moi qui suis la cause de tout ce tintamarre. D'accord, le père de la Motte y a mis du sien. S'il ne s'était pas fourré dans des affaires de banditisme, jamais le vol de la voiture n'aurait eu un tel écho. Mais quand même, ça me fait tout drôle de savoir que j'ai eu ce pouvoir. C'est bizarre, vous trouvez pas ? Ça me fait penser à l'histoire du battement d'ailes d'un papillon en Asie qui a provoqué un tremblement de terre en Amérique. Je sais pas si c'est vrai. J'ai entendu ça à la télé. Là, c'est un peu pareil. À cause d'une impulsion venue d'on ne sait où – même pas moi je le sais –, le père de la Motte, il risque d'aller en taule et la mère Marguerite, elle a perdu son boulot. Et moi, aile du papillon, je suis blanche comme neige alors que j'ai foutu en l'air la vie de tout ce monde.

Côté Tino, ça baigne toujours dans le bonheur. Je crois que, lui aussi, il en pince pour moi. Et d'être regardée, aimée, désirée, ça me fait un bien terrible. Je suis passée de l'état de momie croupissante à celui d'amoureuse comblée. Cette affaire aura fait, au moins, un heureux.

Alors, parfois, quand je regrette mon geste, je me dis : *Michel de la Motte, même si on le fout au trou, il l'aura pas volé. La mère Margot, même si elle a perdu sa place, avec sa vengeance qui a tout l'air d'être un plat qui se mange froid, ça doit être le genre qui sait se débrouiller dans la vie. Quant à Pippa, même si elle pleure toutes les larmes de son corps, je me demande si je dois la plaindre. N'est-ce pas elle qui a tout déclenché en me traitant comme une malpropre ?*

Tout ça, je vous le dis à vous, car depuis le début, je vous raconte tout par le menu. Mais surtout, par pitié, ne le répétez pas. Ni aux flics, bien entendu, qui se pointeraient pour me coffrer, ni à mon Tino qui en serait tout bouleversé. Un jour, sans doute, je lui dirai, à Tino. Il le mérite. Parce qu'avec lui, ça me fend le cœur de jouer faux. Alors, des fois, quand je vois sa nuque innocente et ses yeux confiants, j'ai honte ; et le soir, seule dans ma chambre, je pleure sur ce fragile amour que je risque de saccager.

Chapitre 33

Hubert Deschamps est furieux contre sa femme Charlotte. Déjà qu'il n'approuvait guère cette amitié avec une richissime héritière qui lui a tout l'air d'avoir une cervelle d'oiseau, voilà que sa femme se pique maintenant de jouer au détective.

Depuis la diffusion télévisée de l'affaire de la Motte, Hubert trouve Charlotte particulièrement nerveuse. Il est toujours désagréable de voir une amie dans le désarroi, mais il n'y a quand même pas mort d'homme. Michel de la Motte risque, pour le moment, une simple garde à vue. Et Hubert a déjà dit à Charlotte que les ennuis des gens riches et puissants finissent toujours par s'arranger de meilleure façon que ceux des autres, et que Michel-Marie va probablement, appuyé par le Président en sous-main, trouver une argumentation plausible et une kyrielle d'excellents avocats pour le défendre.

Or, ce soir, par chance, Hubert rentre plus tôt de l'hôpital, une longue intervention étant annulée dans son service faute d'examens suffisants pour la pratiquer. Arrivé dans l'appartement, il trouve Charlotte – d'ordinaire si coquette – mal habillée, pas coiffée, avec une mine de déterrée. Charlotte se lève, passe la main dans ses cheveux, arrange le pli de sa mauvaise robe et fait un pauvre sourire à son mari.

Hubert connaît sa Charlotte. Il sait bien que lorsqu'elle est préoccupée par une chose ou par une autre, elle finit toujours par lui confier son tracas. Et généralement, après s'être épanchée sur son épaule, son angoisse se dénoue toute seule, même si le problème en question reste entier.

— Ça ne va pas ? demande Hubert.

— Si si, tout va bien. Pourquoi ?

— Tu as vu la tête que tu as ?

— Eh bien, je me sens un peu grippée, je me suis reposée… et, comme tu es arrivé en avance, je n'ai pas eu le temps de me changer.

— Non, Charlotte.

— Non quoi ?

— Tu n'es pas malade. Tu n'as rien. Tu me mens.

Comme à l'accoutumée, dans ce cas de figure, Charlotte fond en larmes.

— Charlotte, qu'est-ce qui se passe ?

— Rien, rien. Je suis un peu fatiguée, c'est tout.

— Écoute, Charlotte, moi aussi, je suis fatigué. Pour une fois que je rentre tôt, je te trouve une tête épouvantable. Tu sais bien que, si tu me parles de ton souci, tu t'en trouveras mieux et nous pourrons passer une soirée tranquille. Alors…

— Eh bien, je me fais du souci pour Bérangère.

— À ce point ? Elle n'est pas malade, que je sache. Elle est même en excellente santé. Elle n'a aucun souci d'argent…

— C'est-à-dire, il y a une chose que tu ne sais pas.

— Quelle chose ?

— Une chose qui me taraude.

— Allons bon. Tu m'inquiètes. Viens me raconter.

Hubert assoit sa femme sur le canapé, se met à ses côtés et entoure de son bras ses épaules. Charlotte – qui n'en peut plus de garder son secret – parle, parle sans s'arrêter et lui donne tous les détails, même les plus minimes, de l'affaire. Son mari ne l'interrompt pas. Lorsqu'elle semble avoir terminé, Hubert conclut :

— Si je comprends bien, tu penses que le contenu de la clé USB volée a été recopié par Marie Dubois, la femme qui a ramené le sac à Viviane.

— Oui.

— Et, selon toi, cette Marie Dubois serait, peut-être, allée déposer la carte recopiée dans le jardin des *Lavandes* ?

— Ça, je ne sais pas. Peut-être voulait-elle chercher autre chose dans la maison dont elle avait tous les codes ?

— Et pourquoi, selon toi, ne l'a-t-elle pas fait ?

— Parce que nous occupions les lieux.

— Et pourquoi aurait-elle rendu le sac et l'argent ?

— Justement, pour ne pas être soupçonnée de vouloir entrer dans les *Lavandes*.

Hubert est désappointé. La version de sa femme n'est pas totalement dénuée d'intérêt. Qui est cette Marie Dubois ? Ne faut-il pas, dans ces conditions, prévenir la police ?

— Écoute, Charlotte. Ton intuition est peut-être la bonne, mais, bon sang, pourquoi es-tu allée en parler à cette boutiquière ?

— Je voulais en avoir le cœur net.

— Mais Charlotte, tu ne fais pas partie de la police. Quel besoin as-tu de toujours te mêler de ce qui ne te regarde pas !? On est dans de beaux draps, maintenant.

— Mais pourquoi, Hubert ? Je n'ai pas parlé à Viviane de mon soupçon concernant cette clé !

— Mais comprends les choses, merde, pour une fois. Tu ne vois pas que cette affaire est grave et que nous risquons d'y être impliqués. Tu pouvais garder tes interrogations pour toi, que diable !

— Et qu'est-ce que ça change que j'aie parlé avec Viviane de cette histoire ?

— Ça change que tu es au courant de l'existence de Marie Dubois, la personne qui a ramené le sac. Ça change que Viviane Roussel sait maintenant que tu le sais. Ça change que, déjà, Bérangère t'avait confié des trucs au sujet de cette clé. Ça change que la police, qui n'est pas née de la dernière pluie, va savoir que tu es son amie et peut remonter jusqu'à toi. Ça change que maintenant, tu ne peux plus garder ton intuition pour toi. Ça change que nous devons aller à la police dire ce que tu sais. Voilà ce que ça change. Il ne nous manquait plus que ça. Ça va faire vraiment bon effet.

— Mais, on n'a rien fait de mal…

— On n'a rien fait de mal, mais on sait des choses qu'il n'est plus possible de taire, sinon nous pouvons être accusés de complicité.

— Et Bérangère alors, comment elle va le prendre ? Il faut la prévenir.

— Bérangère, je m'en fous. C'est son problème. Pas le mien. Ça suffit comme ça, les histoires de Bérangère. Donc, tu n'appelles pas Bérangère et demain nous irons effectuer une déclaration à la police. C'est la seule chose à faire.

Sur ces bonnes paroles, Hubert sort de la pièce en claquant la porte.

Chapitre 34

Du fond de son petit studio de banlieue, Marguerite se délecte à l'avance du futur déroulement des événements qu'elle a volontairement provoqués. Privée de travail, n'ayant rien d'autre à faire que de contempler les résultats de sa manœuvre, elle garde, tous les jours, les yeux fixés sur son poste.

Ah, on peut dire qu'elle l'a bien eu, le bel aristocrate, ainsi que sa flamboyante épouse ! Elle, Marguerite Grommel, née dans une campagne de province, a réussi à faire tomber monsieur Michel-Marie, marquis de la Motte du Boisseau des Ombrières. Des années qu'elle souffrait de la morgue de ce grand monsieur. Des années qu'elle constate la petitesse de ses pensées, la médiocrité de ses actes et de ses fréquentations. Ce n'est qu'à la suite de la vue fugitive des billets, puis de la découverte du contenu de la clé USB, que Marguerite a pris subitement la conscience aiguë de la veulerie de son maître. Tardivement, peut-être. Mais, c'est un véritable coup de maître. C'est le cas de le dire. Car elle a réussi, toute seule, à le prendre la main dans le sac.

Tout a été beaucoup plus facile que prévu. En réponse à son courrier, un journaliste de *Paris Presse* l'a interviewée. Trois jours plus tard, son article faisait la une du journal. *« Comment Marguerite Grommel fait trembler les puissants »*, tel était le titre de l'article. Quelle grande fierté pour elle ! Quel encouragement à poursuivre dans la voie nouvelle qu'elle a choisi d'emprunter ! Dommage qu'elle n'ait pu voir de ses propres yeux les réactions de la valetaille des de la Motte !

Cependant, Marguerite constate qu'il y a un sombre revers à la médaille de sa victoire. Car, du même coup, toutes ses croyances antérieures se sont effondrées. Ses yeux, subitement, se sont grand ouverts sur la réalité du monde. Elle qui a, de tout temps, fondé son action sur la supériorité des gens bien nés, voilà que tout son système de valeurs gît, telle une statue renversée, au beau milieu de ses propres éléments éparpillés.

Comme il était pourtant, jadis, confortable de s'appuyer sur l'ordre établi ! Obéir au Maître. Se faire obéir des subalternes. Point n'était besoin, alors, de réfléchir. Les choses allaient leur train, d'elles-mêmes. Chaque personne avait une place et savait la tenir, depuis le plus haut rang d'une dynastie jusqu'à la plus humble des soubrettes. C'est la raison pour laquelle, du plus profond d'elle-même, Marguerite, à l'époque, eût aimé que la Royauté subsistât.

Après cette période de prise de conscience existentielle, Marguerite a vécu une très mauvaise passe. Quel système de valeurs adopter, si celui en lequel elle a mis toute son âme s'est évanoui ? À vrai dire, aucun système politique ne lui a jamais semblé avoir une quelconque valeur. Aucun ne lui paraissait à la hauteur du système hiérarchique sur lequel elle avait construit son existence. La démocratie lui semblait être une source de palabres et de désordres sans fin. Quant aux différents présidents de la République qui s'étaient succédé, seul le Général de Gaulle lui avait semblé avoir une belle stature, encore que, pour une raison qu'elle ne s'expliquait toujours pas, il avait laissé filer une de nos plus belles colonies après avoir prétendu, haut et fort, vouloir la conserver dans la République.

Après sa révélation tonitruante à *Paris Presse,* Marguerite – seule pendant des semaines et des mois, dans une vacuité totale – essaie de reprendre pied. Déstabilisée, mais curieuse de nature, elle cherche à s'informer sur les idées révolutionnaires. Fort heureusement, certaines émissions de télévision – fort bien faites, qu'elle n'aurait jamais eu l'idée de regarder – la renseignent, y compris sur leur évolution au XXe siècle.

Ce qui la fascine le plus, dans tout ça, c'est l'histoire du féminisme.

En voilà une révolution non violente ! Oser s'en prendre à la suprématie masculine et libérer la parole des femmes, sans verser une goutte de sang, fallait le faire ! Une fois ses yeux dessillés, de nouvelles lueurs éclairent son esprit. C'est une phrase de Simone de Beauvoir qui lui ouvre définitivement les yeux. *On ne naît pas femme, on le devient.* Marguerite réfléchit. Pourquoi ne pas appliquer ce principe lumineux aux aristocrates ? Elle a eu la preuve vivante, sous ses propres yeux, que ce ne sont pas les chromosomes qui rendent aristocrate. *On ne naît pas aristocrate, on le devient.* N'en est-elle pas elle-même le plus bel exemple ? *On ne naît pas aristocrate, on le devient.* Ses parents et bien d'autres n'avaient-ils pas une grandeur d'âme supérieure à la bassesse de tous ces nantis ?

Tout lui démontre aujourd'hui la véracité de ce principe devenu fondamental pour la survie de son être. La société actuelle n'applique-t-elle pas cet axiome à de nombreuses situations ? Pourquoi de telles évidences ne lui ont-elles jamais sauté aux yeux ? Marguerite ne sait pas. Prise dans le carcan de ses stéréotypes et de ses préjugés, tout son être s'est construit dans le cadre rigide de ce qui restait de l'Ancien Régime.

Mais aujourd'hui, comme dans le cas d'une adolescente en révolte, une nouvelle page s'ouvre. La liberté de penser et d'agir lui tourne la tête. Ah, comme le monde moderne a du bon ! Comme il est agréable de se débarrasser d'un étau dont on ignorait même jusqu'à l'existence. N'a-t-elle pas, par la seule force de sa volonté, amené un puissant à courber l'échine sous son pied ? Pour l'heure, son premier combat est gagné. Grâce à sa perspicacité nouvelle, Michel-Marie de la Motte du Boisseau des Ombrières est, enfin, en garde à vue. Il devra répondre devant la France entière de ses actes.

L'important n'est pourtant pas là. Marguerite le sait bien. Ce qui importe, c'est que la malhonnêteté du sieur Michel-Marie parvienne à peser très lourd dans la balance de la justice. Ce qui importe, c'est qu'il soit, grâce à la pièce à conviction irréfutable qu'elle-même a fournie, mis en examen pour ses accointances avec les milieux mafieux. *Mis en examen.* Marguerite eût préféré qu'on appelle un chat, un chat. *Inculpé* – terme désormais tombé en désuétude – aurait été un mot plus juste. C'est la mode, aujourd'hui. Minimiser la portée des mots pour ménager les susceptibilités des uns et des autres. Tant pis. C'est déjà une belle réussite de savoir que cet homme va subir les foudres de la justice. Quitte à attendre des mois, Marguerite savoure à l'avance la sentence. Quant à sa femme, malgré sa qualité de roturière et sa fabuleuse beauté, c'est dommage pour elle. Elle n'avait qu'à ne pas être aussi bête.

Chapitre 35

Le couple Charlotte-Hubert Deschamps aujourd'hui bat de l'aile.

Comme Hubert l'avait prévu, Charlotte Deschamps finit, après avoir rechigné et tergiversé pendant quinze jours, par rendre compte à la police des éléments dont son mari souhaitait ardemment qu'elle fasse état.

Au cours de cette déposition, elle précise qu'elle souhaite être entendue comme témoin, car elle connaît certains éléments de nature à éclairer la justice dans l'affaire de la Motte. Sa déclaration est longue et laborieuse. Il lui est d'autant plus difficile d'en venir à bout qu'elle s'embrouille dans ses explications et qu'elle sait que son mari, d'humeur maussade, patiente dans la salle d'attente.

À la fin de l'entrevue, le policier a tout l'air de ne rien avoir compris à l'histoire. Charlotte se demande un instant, au vu de ses yeux interrogatifs, s'il ne la prend pas pour une mythomane ou une folle, avec ses histoires d'une mystérieuse Dubois – cachée par des lunettes et un bonnet – qui aurait rendu un sac intact après l'avoir trouvé grâce à un petit chat, et qui serait responsable de toute l'affaire en raison de la perte d'une carte Décathlon derrière un fourré en Provence.

— Vous êtes bien sûre de vouloir signer cette déposition ? lui dit-il avec un air amusé qui en dit long sur sa façon de penser.

Charlotte, excédée d'avoir obéi à son mari et pris le risque de se rendre ridicule, lui répond crânement.

— Bien sûr, je signe. Je ne serais pas venue, sinon.

Dans la voiture qui les ramène à la maison, l'ambiance est glaciale.

Hubert conduit la voiture. Charlotte rumine sa vengeance.

Naturellement, c'est elle qui ouvre le feu :

— Tu es content ?

— Oui, bien sûr, pourquoi ?

— De quoi es-tu si satisfait ?

— Que tu aies, pour une fois, décidé de faire une démarche qui va nous éviter des ennuis.

— Ah, tu crois ça, toi ?

— Ben oui, tu as réalisé la seule chose qui soit rationnelle et judicieuse à la fois.

— Le problème, c'est que ça n'a pas marché du tout.

— Comment ça ? Tu as, sans doute, dit ce que tu savais et ce que tu avais à dire. Je ne vois pas le problème.

— Oui, mais le flic, il ne m'a pas crue.

— Ah bon et pourquoi ?

— Il semblait penser que ça tient pas debout, mon histoire.

— Écoute, Charlotte, tu ne vas pas recommencer avec tes éternels ressassements. Tu as dit ce que tu avais à dire, point barre.

— Il m'a prise pour une folle, le flic, tu ne vois pas ?

— Oui, je vois ça, et je me demande s'il n'a pas raison.

Charlotte, furieuse, profite d'un arrêt au feu rouge pour lancer une baffe à son mari et sortir du véhicule en claquant la porte.

— Avec tes airs suffisants de grand ponte, tu n'es qu'un gros con ! lui lance-t-elle à travers la vitre.

Hubert, las de cette hystérie féminine, voit le feu passer au vert, enclenche la première et continue son trajet seul vers la maison.

Après avoir longtemps erré dans les rues, Charlotte finit par se réserver une chambre dans un hôtel. À aucun moment de la soirée, son mari n'essaie de la joindre. Elle, non plus.

Chapitre 36

Quelque temps après la révélation du scandale, placé en garde à vue, Michel-Marie de la Motte pressent qu'il va passer deux ou trois jours épouvantables.

Quelqu'un qui n'a jamais vécu une garde à vue ne peut imaginer une seconde ce que cette procédure peut avoir d'humiliant. Après une convocation laconique : « *Vous êtes prié de vous présenter tel jour à telle heure au bureau de l'hôtel de police situé à tel endroit, muni de la présente et d'une pièce d'identité »,* Michel-Marie se rend à l'adresse indiquée.

Après des préambules qui lui paraissent interminables, on lui fait enfin connaître le motif exact de la convocation. Rapidement, il se rend compte que la police, en fait, commence une enquête qui menace de le faire tomber. Il a la désagréable impression que les enquêteurs savent déjà à quoi s'en tenir sur son compte et qu'ils se sont forgé une intime conviction qui va être accablante pour lui.

Monsieur Michel-Marie de la Motte est tenu de s'expliquer sur les informations contenues dans la pièce fournie par madame Marguerite Grommel au journal *Paris Presse*, que les enquêteurs ont l'obligeance de lui mettre sous les yeux. Ce document, selon eux, l'accuse à l'évidence de trafics illicites, de détournement de fonds et de blanchiment d'argent.

Michel-Marie, qui prend connaissance pour la première fois du contenu de cette clé, voit bien, à la lecture des dossiers, que cette clé est en tout point identique à la sienne, celle qu'il a confiée à Bérangère afin qu'elle la dépose au coffre de sa banque. L'accusation dont il est l'objet est donc parfaitement fondée.

Face à une accusation de cette nature, il est toujours possible de se taire. Mais il sent confusément que cette solution peut s'avérer contre-productive lors d'une comparution ultérieure, car les juges seront enclins à penser que s'il a refusé de parler lors de sa garde à vue, c'est qu'il est en plein accord avec les motifs de l'accusation. Les innocents, en effet, sont toujours plus prompts à bavarder que les coupables.

Donc Michel-Marie parle. Argumente. Explique. Improvise.

Avec un calme olympien, il affirme que la majeure partie du document est un faux grossier entremêlé d'indications véritables placées à dessein pour brouiller les pistes des enquêteurs. Il nie en bloc toutes les malversations financières qui lui sont imputées. Seuls sont véridiques les renseignements concernant les dossiers de ses différentes propriétés. Avec une politesse exquise, il remercie les policiers de bien vouloir distinguer le bon grain de l'ivraie, plantée avec la bonne semence par une personne malveillante. Malgré la présence de l'avocat, Michel-Marie se sent seul dans l'arène. Telle une bête traquée, il fait face à des chasseurs qui — il le sent bien – prennent leur temps et s'amusent à jouer, parfois à plusieurs, avec ses nerfs. Michel-Marie, non seulement, tient le coup, mais garde la tête haute. N'importe qui d'autre, à sa place et en pareille posture, aurait fini par craquer et accepté d'avouer n'importe quoi, pourvu que ce petit jeu du chat et de la souris s'arrête.

Mais, pas Michel-Marie. Il est marquis de la Motte, descendant des croisés. Une assurance innée, tirée de la superbe de ses illustres ancêtres, lui permet de faire face avec un rare sang-froid. À la question posée une énième fois par les enquêteurs : « *Avez-vous une explication quant à l'existence de tels listings financiers mêlés à vos activités privées ?* », il répond : « *Je pense que ces listings sont faux à cent pour cent. Il s'agit d'une manœuvre de diversion destinée à me discréditer et, par là même, à nuire au président de la République qui a mis en moi toute sa confiance.* »

À la question de savoir si Michel-Marie souhaite prévenir son épouse, madame Bérangère de la Motte, la réponse est non, bien que cette possibilité lui soit offerte aujourd'hui par la loi. Là aussi, Michel-Marie a réfléchi promptement. Mêler Bérangère à cette affaire serait pure folie. La panique d'être interrogée et son affection pour Marguerite Grommel l'auraient amenée à craquer et à révéler des éléments qu'il valait mieux, pour l'heure, tenir sous silence. Si ultérieurement, Bérangère est conduite à donner son avis dans le cadre d'une autre procédure, Michel-Marie sera toujours à temps de la préparer.

Michel-Marie sent qu'il joue gros. Il sait bien que la police rentrera bredouille d'une perquisition à son domicile, mais il sait aussi que son coffre bancaire contient toujours la fameuse clé que Bérangère doit avoir déposée. C'est là que le bât blesse. Dans les quelques moments de répit qui lui sont octroyés, Michel-Marie réfléchit intensément. Comment se sortir de l'impasse ? L'existence de cette clé dans son coffre – que, d'ailleurs, les enquêteurs ont peut-être déjà en main – sera la pièce à conviction qui signera de façon magistrale son forfait. Que faire ? Que dire ? Comment trouver une parade lorsqu'on se trouve dans d'aussi sales draps ?

C'est alors qu'une solution ingénieuse jaillit dans son esprit. Et si sa propre femme était impliquée dans l'affaire ! Malgré les conditions peu propices, Michel-Marie gamberge intensément. Lentement, le rideau de l'impasse dans laquelle il se trouve se déchire. Il entrevoit, enfin, une possible porte de sortie à cette funeste affaire. Au fur et à mesure, un plan de défense mensonger et cynique prend corps dans son esprit. Même s'il pense Bérangère incapable d'une telle vilenie, l'impliquer dans l'affaire avec son amie Charlotte est la seule solution. Tout alors se tiendrait.

Voilà le plan que Michel-Marie imagine et expose d'une voix ferme aux enquêteurs pour tenter de sauver sa tête, quitte à enfoncer celle de son épouse dans l'eau :

« J'ai demandé à ma femme de déposer une clé documentaire dans mon coffre le mois dernier. Nous procédons ainsi chaque mois afin de

sauvegarder nos données confidentielles. Vous n'êtes pas sans savoir que ma femme a une cervelle d'oiseau. Ma femme est un être très peu mystérieux, vous vous en apercevrez vous-même très vite... Elle raffole des jolies choses et raconte tout ce qui lui passe par la tête. Je pense donc que mon épouse a montré la belle clé de joaillerie sertie de diamants à son intendante et à sa meilleure amie, Charlotte Deschamps, pour épater son monde. Les deux autres, mal intentionnées et poussées en sous-main par un autre protagoniste, en auraient profité pour en changer le contenu. Vous n'êtes pas sans savoir qu'Hubert Deschamps, mari de Charlotte, est un personnage qui, non seulement tient le haut du pavé dans la hiérarchie médicale, mais occupe une place de premier plan dans le parti de l'opposition. Vous apprendrez également que ses connaissances informatiques ont fait le tour de la planète depuis qu'il a inventé un procédé capable de détecter des tumeurs cérébrales microscopiques. C'est un véritable génie de l'électronique et de la téléinformatique. Donc, bien que j'estime madame Grommel être le suspect principal de la falsification – je l'accuserai d'ailleurs de dénonciation calomnieuse – je me demande, ici devant vous, si d'autres personnalités plus importantes n'auraient pas œuvré en sous-main. Madame Grommel ne possède à l'évidence pas suffisamment de compétences pour avoir fait figurer, à côté de mes propres dossiers, des flux financiers étrangers. Elle s'est contentée de toujours avoir eu l'obsession du complot. Ce que ses complices ont parfaitement compris et dont ils ont parfaitement joué, tout en profitant de la sottise bien connue de mon épouse. »

Michel-Marie se défend comme un beau diable, quitte à enfoncer tout le monde dans la fange. Y compris sa propre femme, dont il connaît la fragilité et la candeur. Il sait pertinemment que Bérangère, même si elle est innocentée, ne se remettra pas d'avoir été impliquée par lui dans cette affaire. Elle ne sait pas ce qu'est une lutte à mort. Lui, oui. *Ou c'est elle ou c'est moi*, se dit-il.

Sa mère ne l'avait-elle pas prévenu qu'on n'épouse pas une roturière ?

Chapitre 37

Tino nage en plein bonheur. Jamais il ne s'est senti aussi heureux. Non seulement sa pizzeria marche du feu de dieu, mais en plus, sa vie se trouve transfigurée par la présence d'une jeune femme. Oui. Une jeune femme.

Dieu sait qu'il en a connu, des gonzesses. Des brunes, des blondes, des grandes, des rondes et même, une fois, une poilue. Malgré la bonne volonté qu'il mettait à leur être agréable, toutes ont défilé dans sa vie sans laisser de traces à marquer d'une pierre blanche. Quelques bons moments, de nombreuses disputes, des retrouvailles et, pour finir, des séparations faciles.

Avec toujours, dans le cœur, la solitude et la grisaille des jours enfuis.

Aujourd'hui, un miracle s'est produit. Une femme ensoleillée est tombée du ciel dans sa pizzeria. Ne riez pas. Valérie, elle s'appelle. Une femme vraie, vivante, amusante et super drôle. Il est difficile à Tino de la décrire. Tout ce qu'il peut dire, c'est que depuis il l'aime comme un fou. Ce qu'il aime chez elle, c'est son indescriptible beauté naturelle. Une beauté presque sauvage. Ce qu'il aime, c'est son regard droit planté dans ses yeux. Un regard qui sait parler en silence. Ce qu'il aime, surtout, c'est qu'elle soit là. Du coup, ses copains le chinent : « *Qu'est-ce qui t'arrive, Tino, tu es amoureux ? C'est Valérie ?* » Tino leur répond « *Oui, c'est elle.* » Tino rit. Tino chante… Tino remercie le ciel pour ce bonheur tout frais qu'il n'attendait plus.

Quand elle est arrivée au resto avec le grand Charlie, Tino n'en a pas cru ses yeux. Il a tout de suite aimé la silhouette de la fille, sa chevelure désordonnée, sa voix claire un brin voilée. Elle semblait intimidée d'être là, presque désemparée, comme si elle ne se sentait pas véritablement à sa place. Tino, de son vrai nom Antonio, ne se trompe pas. Il a toujours su sentir ce genre de choses.

Comment Charlie l'a connue ? Tino ne le sait pas. Charlie est parti le lendemain vers des cieux étrangers à la recherche d'aventures exaltantes. Il est comme ça, Charlie. Il a la bougeotte et croit toujours que l'herbe est plus verte ailleurs… Et Tino n'a jamais osé poser de questions à Valérie sur son passé. Il ne sait pas qui elle est. Il ne sait pas d'où elle vient. Il ne sait pas ce qu'elle veut ni où elle va. Il est comme ça, Antonio. Avec ses airs de gouape italienne, c'est un timide. Un prude. Un Méditerranéen sensible comme on n'en fait plus.

Comme les Italiens, Tino bavarde beaucoup, fait du bruit. Mais il ne dit jamais rien. Ni sur les autres ni sur lui-même. Ses pensées, il se les garde, les mijote et s'en sert pour œuvrer avec délicatesse vis-à-vis d'autrui. Somme toute, Tino est un homme rare.

Depuis que Valérie est là, le resto marche tambour battant. Le nombre de couverts augmente chaque jour. Les clients se pressent. Il faut la voir, la Valérie, circuler entre les tables, esquiver les mains baladeuses, répondre avec humour. Rire. Sourire et encore sourire. Un sourire à faire tomber. Un sourire qui a fait pour de bon tomber Tino. Cette fille, il l'a vraiment dans la peau. Jamais il n'a aimé quelqu'un de la sorte.

Un des premiers soirs, il s'est approché d'elle comme la panthère rose. Et elle, avec une simplicité désarmante, a accepté sa tendresse. Ils se connaissaient à peine. Il n'en est pas revenu. Pourtant, il a bien senti que Valérie n'était pas du genre facile. Il l'a sentie sincère. Il a compris qu'elle ne jouait pas. Qu'elle s'était donnée à lui en vérité. Tino a su comprendre que cette femme est semblable à l'écureuil sauvage. Il faut l'approcher sans bruit au risque de la voir s'enfuir dans son arbre. De quoi a-t-elle peur ? Il ne sait pas. Peut-être de la violence des hommes. Ou, peut-être, de la cruauté du monde.

Depuis, Tino vit sur le nuage de cet amour tombé du ciel. Une paix singulière règne dans leur couple éphémère et fragile. Avoir cette femme à ses côtés, pour l'instant, lui suffit. Tino ne veut pas hâter les choses. Tino veut laisser la femme venir à lui. Seulement si elle le souhaite. Sinon, il la laissera repartir comme on laisse l'oiseau s'envoler de sa cage. Même si lui en a le cœur gros.

Un jour, peut-être, si la romance continue, il osera lui déclarer sa flamme. Aujourd'hui, Tino sent bien que c'est trop tôt. Valérie semble heureuse dans ce *statu quo* et lui aussi. Trois semaines à peine qu'il la connaît. Si un jour l'heure sonne, quand le moment sera venu, Tino le pressentira. Alors…

Alors, il ne sait pas. Ce qu'il sait, c'est que c'est toujours Dieu qui a le dernier mot et qui décide.

Ce soir de décembre, minuit étant passé, Antonio baisse le lourd volet roulant qui protège la vitrine. La soirée a été sympa. La recette, bonne. Tout est nettoyé, rangé, remis à sa place. Les nappes et les couverts sont déjà installés pour demain. Seule la télévision donne encore signe de vie. Au moment où Tino s'apprête à l'éteindre, il aperçoit Valérie assise sur un tabouret devant l'écran.

— Tu vas pas te coucher ? dit Tino.

— Chut, j'écoute les infos.

— Ah et il y a quelque chose de spécial ?

— Chut, je te dis. Assieds-toi près de moi, si tu veux.

Tino, bien que fatigué par sa journée, s'exécute. Depuis son arrivée dans le resto, Tino a bien remarqué l'intérêt que Valérie porte aux infos. Ce soir-là, il s'agit encore de l'affaire de la Motte. Cette histoire, que Tino a suivie de loin, tourne en boucle dans les médias. Tino a cru comprendre qu'un aristo s'est fait choper par sa gouvernante en flagrant délit de malversations financières. Elle a trouvé, chez lui, une clé USB compromettante qui lui vaut aujourd'hui une garde à vue et une probable mise en examen. Quant à la suite, il ne sait pas très bien.

Voyant Valérie captivée par ce qu'elle écoute, il tente à son tour de comprendre. L'imbroglio semble aujourd'hui se compliquer. Seraient maintenant en cause la femme du prévenu, son amie Charlotte ainsi que le mari de Charlotte, un certain Hubert Deschamps, responsable de la falsification du document. Par-dessus le marché, une mystérieuse Marie Dubois serait à l'origine de tout, mais, à ce jour, personne ne lui a encore mis la main dessus. Un avis de recherche a été lancé.

Antonio se demande pourquoi tous ces éléments sortent si tôt dans la presse puisqu'en principe la justice doit garder le secret sur toutes ces choses et que la présomption d'innocence doit être respectée. Jeter en pâture des gens à la télévision, sans preuve véritable, l'irrite profondément.

Fatigué et passablement agacé d'entendre pour la énième fois une histoire ressassée qui ne le passionne que modérément, Antonio, une fois l'émission terminée, finit par demander à Valérie :

— Et cette Marie Dubois qui arrive comme un cheveu sur la soupe. C'est qui ?

— Tu veux vraiment le savoir ?

— Ben, oui. Après, j'irai me coucher. Je suis vanné.

— Antonio, Marie Dubois, c'est moi.

Chapitre 38

Lorsque j'ai dit à Tino que j'étais Marie Dubois, il a cru que c'était une blague. Il m'a dit. *« Bon, ben moi, je vais me coucher. »* Il s'est levé, a rangé la chaise, m'a fait une bise sur le front et s'est dirigé vers la porte. Moi qui avais pris mon courage à deux mains avec un palpitant qui chamboulait à deux cents à l'heure, c'était hyper raté. Fallait tout que je reprenne à zéro. Comme il était vanné et moi pas flambante, j'ai failli lâcher le truc. Faire comme si j'avais rien dit. Faire comme si c'était une vraie boutade.

Quelque chose en moi me soufflait : *« Dis-lui la vérité, fonce. À quoi ça sert de reculer pour mieux sauter ? Un jour ou l'autre, tu seras au pied du mur. Ou, pire, Tino apprendra la vérité de la bouche de quelqu'un d'autre. Allez ! Vas-y ! »*

— Antonio !

— Oui.

— Tu m'écoutes ?

— Je ne fais que ça.

— Pourtant, tu ne m'as pas entendue !

— Si, j'ai tout compris. Marie Dubois, voleuse de voiture, c'est toi. La voleuse de diamants, c'est toi. La femme recherchée par toutes les polices, c'est toujours toi.

— Antonio, je sais que tu es fatigué, que tu es à bout de nerfs, que tu me crois pas. Mais, il faut que tu écoutes ce que j'ai à te dire. J'en ai pour dix minutes si tu ne me coupes pas. Tu veux bien ?

Antonio, intrigué par le ton de sa voix, reprend la chaise, s'assoit dans un soupir et attend.

— Je t'écoute.

— Voilà. Je ne suis pas celle que tu crois. Depuis le début, je te mens. Je te mens pas vraiment. J'omets de te dire la vérité. Donc, en fait, je te mens. Tu as eu la bonté de m'accueillir dans ton resto et dans ta vie. Or, je ne le mérite pas. Je suis Marie Dubois. Enfin pas exactement, car mon vrai nom, c'est Valérie Bontemps. Marie Dubois, c'est un pseudo. Tu comprends ?

— Non, rien du tout. C'est quoi ce bordel ?

— Marie Dubois est un nom d'emprunt que j'ai choisi quand je suis allée rendre le sac à la modiste de la mère de la Motte.

— Quel sac ?

— Le sac que j'avais chouré avec sa Smart. Tu comprends ?

— Toujours pas…

— Voilà. Un jour, j'ai été licenciée de mon entreprise…

Valérie raconte, raconte, sans un seul moment de pause. Aucun détail n'est épargné à ce pauvre Tino, dont les épaules se tassent au fur et à mesure qu'il réalise que le récit de Valérie sonne vrai.

— Voilà, Tino, tu sais tout.

Antonio se tait. Un silence absolu. Pas un bruit dans la pièce. Rien. Seule une goutte d'eau tape en cadence sur le rebord métallique de l'évier. Puis, lentement, il se lève, range à nouveau la chaise contre le mur. La gorge de Valérie se noue. Le bout de ses doigts tremble.

Antonio rompt tout à coup le silence :

— Finalement, tu n'as jamais volé qu'une voiture ! Tu as rendu le pognon et la clé en diamants. Le squat que tu avais prévu, tu ne l'as pas fait. Tout ça ne me paraît pas bien grave.

— Oh, Tino, merci. J'avais si peur de t'avouer tout ça. Mais quand même, j'ai roulé avec des fausses plaques, une carte grise et une assurance falsifiées…

— Oui et alors ? Tu crois qu'on met les gens en prison pour si peu ? Tu rêves ! Tu vois pas que la police relâche tous les mecs ! Les drogués, les assassins et les braqueurs, ils savent même plus où les mettre.

— Mais, Tino, j'ai copié une clé USB compromettante !

— Et alors, c'est super, grâce à toi, tout ce beau monde va être coffré.

— Qu'est-ce que tu ferais à ma place, Tino ?

— Moi ? J'irais tout balancer aux flics. Pour une fois que quelqu'un fait un grand nettoyage…

Chapitre 39

Bérangère de la Motte est complètement perdue. Seule, elle erre dans son hôtel particulier sans trouver la moindre solution au problème qui la mine. L'histoire qui arrive à son mari la dépasse. Elle ne comprend rien à ce qui se passe. Voilà deux jours que Michel-Marie est absent de la maison et qu'il est injoignable. Tout ce qui se dit à la télévision la perturbe profondément. Elle tourne et retourne dans sa tête l'ensemble des événements qui ont conduit à la catastrophe.

Pourquoi la vaillante et serviable Marguerite, avec laquelle ils ont été si bienveillants, se retourne-t-elle brutalement contre son mari ? Qu'y a-t-il de si grave sur la carte Décathlon dont tout le monde parle ? Pourquoi Michel-Marie est-il en garde à vue ? Sait-il au moins ce qu'on lui reproche et, si oui, pourquoi ne pas lui en avoir dit un mot ? Pourquoi Charlotte ne l'a-t-elle pas appelée ? Pourquoi est-elle également injoignable ?

Bérangère ne sait plus à quel saint se vouer. Sa vie est chamboulée à un point inimaginable. Depuis que Marguerite et maintenant Michel-Marie ne sont plus là, elle ne sait plus à qui s'adresser. Dans l'hôtel particulier, le personnel semble raser les murs. Le maître d'hôtel a pris les commandes avec un air compassé qui la met mal à l'aise. Bérangère n'ose faire part de son désarroi à personne. Jamais elle n'a été si seule, horriblement seule. Une angoisse inconnue, s'est installée au creux de son estomac et ne la lâche plus. Que se passe-t-il ? Que va-t-il se passer ?

Dans l'après-midi, après avoir regardé une énième fois les informations pour tenter de se faire une idée, Bérangère apprend une nouvelle stupéfiante à propos des agissements de Charlotte. Charlotte n'est plus de son côté. Charlotte donne des renseignements confidentiels à la police. Même Charlotte l'a lâchée.

Alors qu'elle descend l'escalier, d'un seul coup, le grand hall se met à tournoyer. Un vertige véritable qui l'oblige à s'asseoir sur le carrelage glacé. Consciente, mais incapable de se remettre sur ses jambes tant elle se sent faible, Bérangère reste ainsi prostrée sans que personne n'accoure. Frigorifiée sur son escalier, elle croit sa dernière heure arrivée. Car, pour une raison qu'elle ignore, le cri qu'elle tente de faire sortir de sa gorge reste si faible que personne n'y prête attention.

C'est une femme de chambre qui donne enfin l'alerte. Quand elle aperçoit sa patronne ainsi mal en point, elle crie à pleins poumons. *Au secours, Madame est tombée ! Madame est tombée !* Aussitôt, d'autres membres du personnel accourent en nombre. Deux hommes du personnel arrivés en renfort, passablement intimidés de la toucher d'aussi près, la transportent jusqu'à sa chambre, tout en se confondant en excuses. *« Pardonnez-nous »*, disent-ils. *« Nous sommes maladroits, Madame. Nous n'avons pas l'habitude. »*

Une fois allongée dans son lit, elle est recouverte de couvertures, car elle tremble de tous ses membres. Fort heureusement, les soins lui sont prodigués par Laurette, une femme de chambre que Bérangère aime bien. Quelqu'un appelle le docteur. Une heure plus tard, en effet, le médecin de famille – le docteur Caillois – est introduit dans la chambre. Laurette, aussitôt, s'éclipse.

— Bonjour, Madame de la Motte. Je vous trouve en bien meilleur état que ce qui m'avait été annoncé. Que s'est-il donc passé ? Dites-moi...

— Eh bien, Docteur, c'est gentil d'être là. Je me sens rassurée... Comment vous dire... Tout d'un coup, j'ai vu tout tourner... Je me suis sentie partir et je me suis affalée sur le carrelage froid.

— Avez-vous perdu connaissance ? demande le médecin tout en lui installant un brassard à tension.

— Non, pas du tout. Je me suis sentie consciente tout le long, mais très faible… J'avais beau essayer de crier, personne n'entendait. Jusqu'à ce qu'une femme de ménage, passant par-là, m'aperçoive et donne l'alerte.

— Ah, très bien. Je suis content que vous n'ayez pas perdu connaissance. C'est une excellente chose. Remontez un peu plus votre manche, s'il vous plaît, je n'arrive pas à prendre correctement la tension. Avez-vous déjà éprouvé ce type de malaise dans le passé ?

— Oui, deux ou trois fois. Mais jamais aussi intensément. Et puis, les autres fois, je ne suis pas restée seule…

— Avez-vous pris votre température ?

— Oui, à l'instant car je me sentais réchauffée. J'ai 37.

— Prenez-vous parfois des calmants ?

— Oui, chaque fois que je suis angoissée. C'est assez fréquent. Aujourd'hui, c'était le cas, mais curieusement, je n'y ai pas pensé.

Après avoir complété sa demande de renseignements et terminé l'examen de sa patiente, le praticien affirme tout de go qu'il n'est pas du tout inquiet.

— Il s'agit probablement d'un malaise vagal. Avez-vous mangé à midi ?

— Non, je n'avais pas faim.

— Je vous conseillerais de commander un repas. Je ne voudrais pas qu'une hypoglycémie se rajoute par là-dessus.

Une fois le repas apporté par Laurette, celle-ci, avec l'accord du docteur, prend la peine d'installer le plateau et les oreillers de telle manière que sa maîtresse se sente le plus confortable possible. Bérangère mange le potage, la tranche de jambon, le yaourt et les fruits de bon appétit. Le médecin, resté présent pendant le temps de la petite collation, bavarde alors avec Bérangère.

— Bon, je vois que vous mangez à belles dents, ce qui confirme mon diagnostic. Si ce malaise devait se reproduire, n'hésitez pas à m'appeler, nous demanderions alors une série d'examens complémentaires et…

— Docteur, ne me laissez pas. Je ne suis pas tranquille et j'ai…

— Voulez-vous que je demande à une infirmière de venir à votre chevet cette nuit ?

— Non, Docteur, je vous remercie… Je n'ai pas peur de faire un nouveau malaise… Ce n'est pas la maladie qui me tracasse.

Le docteur, ne voulant pas brusquer sa patiente ni lui soutirer des confidences qu'il n'a pas forcément envie d'entendre, reste silencieux.

— Ce qui me tracasse, c'est tout ce qui se passe autour de moi. Je ne reconnais plus personne.

— Comment cela ? dit le docteur.

— Docteur, j'imagine que vous êtes au courant de l'histoire qui arrive à mon mari…

— Oui, bien sûr.

— Eh bien, non seulement je ne comprends rien, mais je n'ai plus confiance en personne. Je ne sais pas qui ment. Je suis perdue. Jusqu'à mon amie qui, je l'ai appris en début d'après-midi, m'a trahie.

— Ah. Je ne suis pas au courant de ce rebondissement.

— Je crois que c'est pour ça que je suis tombée dans les pommes. C'en était trop.

— … ?

— Mon amie Charlotte a dévoilé à la police, et donc à la France entière, une conversation que j'avais eue avec elle sous le sceau du secret. *Je suis une tombe,* elle avait dit… Or, c'est par elle que la France entière a eu connaissance d'une énigmatique Marie Dubois qui serait à l'origine de tout.

— Et la police l'a retrouvée ?

— Pas à ma connaissance. Mais, cette histoire est à la Une de tous les médias. Voyez le titre d'un journal : « *Qui est Marie Dubois ?* » Et cet autre : « *Qui a peur de Marie Dubois ?* » Ça me fiche la trouille, Docteur. Les journaux se demandent si le contenu de la clé que mon mari m'avait demandé de mettre au coffre n'a pas été transféré sur une clé publicitaire par cette Dubois, qui, par-dessus le marché, l'aurait égarée dans mon jardin du Luberon !

— C'est vrai que cette histoire m'a l'air passablement embrouillée.

— C'est même incroyable… D'ici à ce que les policiers débarquent ici pour m'impliquer dans une association de malfaiteurs, il n'y a qu'un pas. En plus, Docteur, mon mari doit m'en vouloir à mort !

— … ?

— Eh bien oui, c'est à cause de ma négligence qu'il risque de se retrouver devant les tribunaux.

— Bon. Tout ça n'est clair pour personne. Tentez de vous reposer. Ne vous inquiétez pas. Je repasse demain matin.

— Merci, Docteur.

Chapitre 40

À la lecture des journaux, Marguerite manque s'étrangler.
En dehors de l'existence de cette Dubois qui arrive comme un cheveu sur la soupe – et dont Marguerite ne sait rien –, ce qui lui reste en travers du gosier, c'est la déclaration de Michel-Marie de la Motte lors de sa garde à vue.

Voilà donc ce connard –veuillez excuser cette insolite vulgarité – qui invente, pour se sortir de l'impasse dans laquelle elle-même l'a fourré, une solution abracadabrante. Sans se démonter en aucune manière, ce brave homme, devant les policiers, a suggéré avec un aplomb peu commun qu'elle, son intendante, Marguerite Grommel, aurait fomenté toute l'histoire avec la complicité active du couple Deschamps. Cette pauvre Bérangère serait même de la partie, avec pour seule excuse d'être, au sein de cette clique imaginaire, le seul vrai dindon de la farce.

Jamais Marguerite n'a été aussi furieuse. Une colère tellurique l'empoigne. L'hypothèse émise par Michel-Marie peut très bien prendre. Il est fort probable qu'avec l'aide des plus brillants avocats, cette affabulation grossière trouble les juges jusqu'à les duper et que son stratagème aboutisse. N'a-t-on pas vu par le passé des hommes politiques se sortir de situations bien plus embarrassantes au seul motif qu'ils étaient haut placés ?

Marguerite a vécu dans un monde quelque peu figé, mais elle n'est pas née de la dernière pluie. Avec tous les passe-droits que s'octroient les nantis et les politiques, elle peut parfaitement imaginer que cette fripouille s'en sorte la tête haute, là où les autres benêts, pour le coup, risqueront leur peau. Ne va-t-elle pas, elle-même, être placée en garde à vue, ou pire, être mise en examen et traînée devant les tribunaux ?

Cette éventualité lui coupe le souffle. Une douleur en coup de poignard part de son thorax et irradie jusque dans le dos. Effrayée, Marguerite s'allonge, tente de reprendre sa respiration. On dirait que l'air ni ne sort ni n'entre. Paniquée, elle croit se souvenir que le numéro des urgences est le 15. Par chance, une voix lui répond et lui demande les raisons de son appel.

D'une voix faible, Marguerite décrit les symptômes. Son interlocuteur comprend rapidement qu'elle est au plus mal et raccroche avec la promesse de lui envoyer le SAMU en urgence. Dans cette attente, Marguerite pense qu'elle va mourir. Une mort imminente. Non seulement la douleur ne passe pas, mais voilà qu'à présent elle monte dans ses mâchoires et jusqu'au bout de son bras.

Peu de temps plus tard, les médecins du SAMU arrivent. *De vrais professionnels*, se dit Marguerite, soulagée de les voir s'activer autour d'elle avec des gestes rodés. Rapidement, elle se trouve allongée sur un brancard, emmaillotée dans une couverture et perfusée.

— Vous voilà monitorée, lui annonce le médecin.

— C'est quoi, monitorée ? trouve-t-elle la force de demander.

— Le monitoring, c'est la surveillance de toutes vos constantes : pouls, tension artérielle, électrocardiogramme. Il semble que vous ayez un petit problème coronaire.

— Une angine de poitrine ? demande Marguerite, qui trouve le mot angine rassurant.

— Si vous voulez, mais c'est une grosse angine.

Pour la première fois de sa vie, Marguerite s'abandonne à des mains étrangères. Elle se laisse faire, reconnaissante aux personnes présentes de tout tenter pour la sortir de là. Une fois les portes du camion refermées sur le brancard, la douleur s'atténue. Peut-être lui a-t-on administré un calmant ? Elle ne sait pas. Il y a tellement de bouteilles et de seringues ! *« À la bonne heure »*, dit le médecin. *« Ne vous inquiétez pas. On vous conduit à l'hôpital, tout va bien se passer. »*

Pendant le trajet qui la conduit dans le service approprié,

Marguerite, rassurée par ce déploiement de gens compétents qui œuvrent à son bien-être, s'est tout à fait calmée. Comme la route est longue, sa pensée divague. C'est la première fois de sa vie que les autres la servent. La servent gentiment, poliment, comme une princesse. Jamais, dans toute son existence, elle n'a reçu de soins aussi désintéressés et amicaux. Le camion est conduit sans soubresauts, des appareils lumineux clignotent et trois personnes surveillent son état. Ce qui la rassure, c'est le bruit régulier de son cœur. Bip, bip, bip. À chaque embouteillage, Marguerite entend le klaxon qui fait dégager tout le monde.

Pour la première fois de sa vie, elle est prioritaire. Pour la première fois de sa vie, à l'hôpital, au départ des secouristes, elle dit, avec des larmes de reconnaissance dans les yeux : « *Merci. Merci.* »

Chapitre 41

Alors là, c'est le gros bordel dans l'affaire de la Motte. Le « ouaï », comme, ils disent, ici à Marseille. Même à la téloche, ils se font des salades pas possibles dans leurs reportages !

Au départ, quand les présentateurs expliquaient l'histoire, c'était à peu près clair pour tout le monde. Un vilain monsieur de la haute était mis en garde à vue, car son intendante, une certaine Marguerite Grommel, avait trouvé dans un de ses jardins un document USB compromettant, car il faisait état de malversations financières.

Tout le monde avait compris que c'était grave, d'autant que ça pouvait toucher le président de la République qui n'avait franchement pas besoin de ça avec toutes les casseroles qu'il se traîne.

Maintenant, c'est le boxon le plus complet. Comme la Charlotte Deschamps a raconté qu'une certaine Marie Dubois aurait monté le truc toute seule, du coup les journaux s'interrogent : « *Qui est Marie Dubois ? Qui a peur de Marie Dubois ? Marie Dubois existe-t-elle ? Qui a vu Marie Dubois ?* »

Là-dessus, le père de la Motte, pendant sa garde à vue, il a inventé pour sauver sa peau que c'était, tenez-vous bien, sa femme Bérangère, son intendante Marguerite, son amie Charlotte et son mari – un éminent chirurgien encarté dans l'opposition – qui auraient monté le coup pour le faire tomber, lui, et chercher des noises au Président. Du coup, il paraîtrait que Marguerite Grommel en a fait une crise cardiaque.

Regardez comme les gens sont méchants, quand même. Ce salopard, non content d'être une crapule, a inventé une histoire à dormir debout pour embrouiller les flics vers des fausses pistes. Il est allé jusqu'à impliquer gentiment sa propre meuf, quitte à lui faire un croc-en-jambe de première. Vous voyez d'ici le goujat ! D'accord, soi-disant, il lui trouve des excuses. Il dit qu'elle l'a pas fait exprès. Il dit que c'est parce qu'elle est très con. C'est classe ! Quand je pense que c'est un aristo, ça me fout les boules.

En fait, vous le savez aussi bien que moi, il y a deux seuls coupables dans l'affaire :

— Moi, qui ai fait que des conneries.

— Et Michel-Marie de la Motte du Boisseau des Ombrières — j'ai appris au passage qu'il avait toutes ces particules à rallonge, comme quoi, un nom pompeux n'interdit pas d'être une petite frappe.

Les autres, ils ont rien à voir. Rien de rien. Ils sont innocents. Innocents. Je vous ai tout dit, à vous, car vous êtes mes potes. Mais, maintenant, comme j'en peux plus d'avoir planté tout ce pastis, je vais le dire à tout le monde. Si si. À tout le monde.

Vous croyiez que j'allais rester les bras croisés à faire des pizzas moitié anchois/moitié mozza avec Tino, pendant que des gens, blancs comme neige, dégustent à ma place ? Vous rigoliez ou quoi ? Jamais de la vie.

Je vous le dis solennellement. Et c'est hyper rare que je sois solennelle. Écoutez bien. Moi, Valérie Bontemps alias Marie Dubois, je vais débrouiller ce méli-mélo au grand jour. Je vais dire que *Marie Dubois, c'est moi*. Je vais dire que j'ai volé la voiture et le sac. Je vais dire que… Bon, je vais pas vous répéter ce que vous savez déjà. Je vais dire la vérité, rien que la vérité, toute la vérité.

Demain, c'est décidé. Je vais contacter le même journal que Marguerite. Comme ça, j'évite de chercher ailleurs. Elle a bien réussi son coup, avec ce canard, la Margot !

Une fois à *Paris Presse*, je balance tout au cours de l'interview. Après :

Tout le monde y verra plus clair.

J'aurai la conscience tranquille.

J'en peux plus de ce foutoir. Tino est d'accord. Alors…

Chapitre 42

Bon. Je continue à vous tenir au courant, sinon, vous allez être perdus. Vous savez qu'avec moi, rien n'est jamais simple. Donc, me voilà maintenant dans mon hôtel à Paris en vue de faire ma déclaration à *Paris Presse*. J'ai réservé une modeste pension deux étoiles dans une petite rue. Comme j'avais peur que ce soit crade et bruyant, j'ai lu tous les avis sur le forum réservé aux commentaires. Y en a même en anglais et en espagnol ! Comme quoi, Paris, c'est pas rien dans le monde !

41 commentaires sur l'hôtel, il y avait. Ils avaient l'air tous satisfaits, les types. Sauf un qui rouspétait, car le lit en 140 était trop étroit pour un couple. Ce qui m'a surtout frappée, c'est les Français. Qu'est-ce qu'ils font comme fautes d'orthographe, c'est pas croyable ! Je suis pas Madame Lagarde et Michard, mais, quand même, je vous donne un exemple : *« Nous somme content de notre séjour dans cet hotel. Ma femme et moi on avez une chambre au RDC. Comme sa on été pas obliger de monté à pieds. »*. Trêve de plaisanterie. J'en reviens à mes moutons. Tranquillisée par ces appréciations assez flatteuses, j'ai donc fait ma réservation.

Pour *Paris Presse*, ça s'est passé sur des roulettes. Presque ils m'auraient déroulé le tapis rouge, dans ce canard : *« Et Mademoiselle Bontemps par-ci, et Mademoiselle Bontemps par-là, installez-vous confortablement... Vous voulez un café ? Il y en a du tout frais »*. Bref, ils se sont mis en quatre. Ils ont écouté religieusement mon témoignage sans poser de questions. Ensuite, oui. Ils m'ont questionnée, car mettre en cause un type aussi important que le Marquis, c'était quand même pour eux un scoop. J'ai répondu calmement à tout. C'est drôle, j'étais pas du tout intimidée. C'était presque bonne franquette, l'atmosphère. Je me disais *c'est quand même des journalistes, des gens éduqués, connus* et moi, pauvre Gelsomina, j'avais pas peur. Mais alors, pas du tout.

Eux, par contre, ils étaient fébriles. Une vraie ruche, cette rédaction. Il y a des trucs partout. Des ordis, des téléphones, des fax, des micros, des écrans, des caméras. Bref, un bordel pas possible. Quand on entend les émissions à la radio, on croit que tout baigne dans un calme olympien. Eh bien, moi, je peux vous dire que ça carbure sec, là-dedans.

Bref, je suis ressortie enchantée de ma prestation.

Retournée à mon hôtel, j'ai rafraîchi ma toilette et je suis descendue dans la salle à manger où se prennent les repas du soir. Voilà le menu :

Consommé de tomates avec ses croûtons au parmesan
Œufs en meurette à la bourguignonne
Veau Marengo maison aux olives
Fromage
Dessert
Un quart de Côtes-du-Rhône

Consommé of tomatoes with croûtons and parmesan cheese
Eggs in Meurette with Burgundy sauce
Marengo veal (house) in olives
Cheese
Dessert
A quarter-litre of Côtes-du-Rhône.

J'ai trouvé ce menu un peu pompeux pour la qualité de la bouffe, mais dans l'ensemble, j'avais faim et j'ai trouvé ça pas trop mal.

Le soir, je me suis endormie comme un bébé, j'étais lessivée.

Chapitre 43

La pizzeria de Tino est pleine à craquer. Tous les copains sont là. Et pourquoi donc ? Parce que Valérie fait la Une du journal *Paris Presse*. Tino est aux anges. C'est l'heure de l'apéro. Il y a tellement de monde que les gens sont debout entre les tables du resto. Comme s'il avait organisé un cocktail, une assemblée générale ou une conférence de presse. Pourtant, Tino n'a rien prévu de tout ça. C'est la sortie du journal qui a tout chamboulé.

Tino sort les verres, sert tout le monde, le pastis, le vin blanc et les tapas sur le comptoir.

Quelqu'un l'interpelle du fond de la salle :

— Bon, ben nous, on n'est pas venu pour des prunes. On veut savoir ce qui se passe, hein, les mecs ?

— Ouais, tu as raison, Marcel, nous, on veut savoir.

Tino prend alors la parole :

— Mais vous savez tout ! Elle a tout dit dans l'article. Y a qu'à lire !

— Mon œil, elle a tout dit ! Et comment elle est partie à Paris, d'abord ?

— Ben, elle a pris le TGV à Saint-Charles.

— Et à Paris, elle est toute seule ?

— Ben, j'espère que oui, Beber.

Éclats de rire dans la salle.

— Tu sais, nous, on est curieux. Elle a de la famille pour loger, ou elle est à l'hôtel ?

— Elle a réservé une chambre à l'hôtel. Avec Internet, c'est facile.

— Ah ! Et pour combien de temps ?

— J'en sais rien, moi, le temps que tout ça se termine.

— Moi, j'ai une question qui me turlupine. Tu l'as trouvée où, cette gonzesse, dans une pochette-surprise ?

Re-rires.

— Presque. Un jour où je m'y attendais pas du tout, Charlie, il a déboulé avec elle et elle est restée.

— Et où est-ce qu'il l'a connue, Charlie ?

— Dans un fourgon de police.

Autres rires.

— Ça commençait bien !

— Oh, c'est l'inquisition ou quoi ? dit Tino. Faut pas pousser !

— On veut pas t'emmerder, Tino, tu nous connais. Mais c'est bizarre, qu'elle soit déjà avec des flics, non ?

— Pas du tout. C'était un contrôle d'identité. À la sortie du fourgon, elle a dit à Charlie qu'elle cherchait du travail et voilà.

Tino n'en finit plus d'expliquer. Il raconte, il réexplique, il recommence. *« Oui, elle avait prévu de dire ça. Oui, son histoire est vraie. Oui, je l'aime comme un fou. »* Tino n'arrête pas.

— Et pourquoi elle a choisi ce titre : *« Marie Dubois, c'est moi ? »*

— Ce titre, elle y tenait, Valérie, parce que c'est comme ça qu'elle m'a présenté les choses la première fois. Quand elle m'a annoncé ça, tout de go, *« Marie Dubois, c'est moi »*, c'était en fin de soirée, on avait tout plié dans le resto, j'avais sommeil, je l'ai pas crue. Comme je faisais mine de partir, elle m'a attrapé par la manche et m'a obligé à m'asseoir : *« Marie Dubois, c'est moi, je te dis »*, elle a dit.

— Et tu l'as crue ?

— Ben, au début non. J'en croyais pas mes yeux et mes oreilles. Mais au fur et à mesure, elle m'a tout raconté. Tout ce que vous avez lu dans l'article, elle me l'a dit ce soir-là. C'est pour ça qu'elle tenait tant à ce titre. *« C'est le titre de Tino »*, elle disait.

— Et pourquoi elle a voulu tout dire à la France entière, dans le fond ? Elle avait qu'à rester là, peinarde, bien planquée, personne serait jamais venu la chercher !

— Tu as raison. Au départ, c'est moi qui l'ai poussée. Je voyais pas bien ce qu'elle risquait et j'avais envie de voir de salopard au trou. Ensuite, c'est elle qui a pris le relais. Elle se sentait coupable. Elle disait : « *Tout est de ma faute. Marie Dubois, c'est un nom d'emprunt que j'ai pris pour mieux me planquer. Un nom bateau. Je savais qu'on en trouverait des palanquées de Marie Dubois dans l'annuaire, qu'on pourrait pas me mettre la main dessus. Je n'ai pas été honnête avec cette modiste. Je n'ai été honnête avec personne. Et j'ai foutu tout le monde dans la merde.* »

— Et maintenant, il va se passer quoi ? demande quelqu'un.

— Ben, j'en sais rien, répond Tino.

Tino sort vanné de cette mini conférence de presse. Dans le Midi, c'est comme ça. Tout le monde se mêle de tout, commente, donne son avis, demande des justifications, accuse. Tout ça dans une atmosphère bon enfant. Tino sait qu'il ne peut échapper aux questions de ses amis. Mais la fatigue et l'énervement tirent ses traits. Comme le restaurant ne désemplit pas, il a trouvé un garçon pour l'aider. Gentil, efficace et discret. Denis, il s'appelle. Heureusement ! Cette histoire l'a mis au bout du rouleau.

Au fond de lui, il craint pour Valérie. À bien y réfléchir, il sait qu'elle joue gros à dénoncer ce sale type. Quand ils en ont parlé la première fois, il a vu un peu court. Il a parlé trop vite, peut-être pour la mettre à l'aise. Maintenant, il regrette. Il n'a pensé qu'aux conséquences des petits délits qu'elle avait commis. En quelque sorte, il lui a dit : « Fonce. » Elle, après réflexion, elle a foncé. Non pas tant pour elle que pour les autres. Elle le lui a bien expliqué. Elle se sentait responsable. Coupable d'avoir planté la merde chez autrui.

Si elle réussit son coup, c'est tout gagné. Le mec part en taule. Les autres sont innocentés. Et elle, si elle prend quelque chose, ce devrait être rien du tout. Une amende, peut-être ?

Mais combien tout cela va durer ? Et si tout ça merde ?

Tino a une pizzeria pleine, mais au fond de lui, il est inquiet.

Chapitre 44

Quelques jours après la publication de l'article, j'étais dans la salle du petit-déjeuner quand la patronne vient vers moi.

— Madame, pardonnez-moi de vous déranger pendant votre collation, mais on vous demande à la réception.

— Ah bon ! Vous êtes sûre que c'est pour moi ?

— Oui, ce sont deux messieurs. On dirait des gens de la télévision. Je leur ai dit que vous preniez votre petit-déjeuner. Ils ont dit de ne pas vous presser. Ils vous attendent dans les fauteuils de l'entrée.

— Eh bien, merci, Madame, dites-leur que j'arrive.

Ah là là. À peine je commençais mon petit-déj.

Il a l'air bien, en plus, ce petit-déj : jus d'orange, croissants, confitures, le tout à discrétion. *Tant pis*, je me dis. *C'est trop bon. Je mange. Après, j'y vais.* Malgré ça, je me dépêche tellement que je manque avaler de travers.

Me voilà dans le hall. Je vois que la réceptionniste n'a pas l'intention de perdre une miette de la conversation. Elle fait semblant de ranger des papiers, mais je vois bien qu'elle tend l'oreille et jette des coups d'œil curieux dans notre direction.

— Mademoiselle Bontemps, mon collègue et moi-même sommes journalistes à France Télévision. Je m'appelle Bernard Croisier et je vous présente notre cameraman, Yves Laurent. Nous avons lu votre témoignage dans *Paris Presse* et nous souhaiterions faire un petit reportage sur cette affaire pour la télévision. Nous le permettez-vous ?

Heureusement que je me suis douchée, coiffée et maquillée avant de descendre. Vous voyez sinon l'effet produit sur les écrans de la

France entière, si j'avais eu les yeux collés et les cheveux en bataille de la nuit !

— Eh bien, je suis OK. Mais je ne pense pas avoir grand-chose à rajouter. Et Madame est d'accord ? je demande, en regardant la réceptionniste.

— Bien sûr, j'ai donné mon consentement pour que tout se déroule dans mon établissement. Ces messieurs ont eu l'amabilité de me faire signer un document qui va dans ce sens, dit la dame avec un air gourmand.

Le journaliste reprend la parole :

— L'important, c'est que nous puissions avoir des images de vous, prises sur le vif. Nous vous poserons quelques questions subsidiaires pour la forme. Si vous voulez bien nous donner votre consentement écrit, Mademoiselle Bontemps, après, on y va.

— Tenez, mettez-vous dans ce coin, la lumière est meilleure, dit le cameraman.

Pendant ce temps, les mecs de la salle à manger ont fini de prendre leur petit-déjeuner. Intimidés et curieux, ils veulent savoir ce qui se passe et restent entre les deux portes. Faut dire qu'il y a pas trop de place dans le petit hall. En fait, j'ai l'impression qu'ils me prennent tous – sauf les journalistes – pour une star du show-biz. Juste moi, qui suis une mauvaise délinquante dans un hôtel de catégorie B. Mais je vois bien qu'ils me matent avec des yeux admiratifs. Certains parlent à voix basse et osent demander : « *Qui c'est, qui c'est ?* » Finalement, le cameraman interrompt la prise de vue et réclame le silence. Les types, impressionnés, filent dans leur chambre.

Le micro devant la bouche, je tente de répondre aux questions. Tantôt le micro est trop près, tantôt il est trop loin. Après plusieurs essais, j'arrive à la bonne distance.

Bon. Ceci étant, c'est pas la peine que je vous relate les questions. Elles étaient bateau de chez bateau. Style : « *Quel effet ça vous fait d'être mêlée à une affaire d'État ? N'êtes-vous pas trop émue de faire des révélations aussi tonitruantes ? Est-il vrai que vous êtes secrétaire ?*

Marie Dubois, pourquoi avoir choisi ce pseudo ? ». Enfin, vous voyez le genre.

Quand tout ce cirque a été fini, ils ont plié bagage. Je suis montée direct dans ma chambre, car je voyais bien que la réceptionniste, intriguée, voulait en savoir davantage. Moi, j'étais déjà fatiguée par tout ce bazar. Une fois là-haut, j'ai appelé Tino.

— Allô, Tino, c'est moi.

— Ah, je suis content d'avoir des nouvelles !

— Tu sais pas ? Y a des mecs de la télé qui sont venus me choper au pied du lit pour m'interviewer.

— Ça alors, et on t'a filmée et tout et tout ?

— Ben oui…

— Purée, je le crois pas, tu vas devenir une star… Et ça passe à quelle heure, ton truc ?

— Ils ont dit, en principe ce soir, à 20 heures.

— Bon, je le dis aux copains. On sera tous devant le poste. Ah, j'allais oublier. Et côté flics, y a du neuf ?

— Non, rien du tout, j'attends encore quelques jours et si rien ne se passe, je redescends.

— Bon, c'est pas plus mal, si on te demande rien. Bravo et courage, je t'embrasse.

— Merci. Moi aussi. À plus.

Chapitre 45

La pizzeria de Tino est bondée. C'est le grand soir. Ce soir, à 20 heures, tout le monde pourra voir Valérie à la télé. Jamais les affaires n'ont aussi bien marché pour Tino. Un vrai porte-bonheur, cette fille.

En attendant l'intervention de Valérie, l'alcool coule à flots, les pizzas rôtissent et les questions fusent :

— Qu'est-ce qu'elle fout à l'hôtel, la Valé ?

— Elle attend, comme nous, son passage à la télé.

— Et après ?

— Elle va voir comment les choses évoluent en fonction des révélations qu'elle a faites.

— Tu crois qu'elle a la trouille de quelque chose ? demande quelqu'un.

— Forcément ! D'abord, elle se met en première ligne, ce qui n'est pas facile. Ensuite, elle a toujours dans l'idée que la police va lui tomber dessus.

— Juste pour un vol de voiture ? Elle avait son permis, ce qui n'est pas le cas de tout le monde ici !

Rires.

— Oui, tu as raison. C'est peut-être une broutille de voler une tire, mais c'est répréhensible par la loi. Rouler avec des fausses plaques, une fausse carte grise, le tout sans assurance, aussi.

— Mouais. Mais ils vont pas la mettre en cabane pour ces bricoles, les poulets !

— Non, mais ils peuvent toujours l'emmerder avec ça. Mais j'y crois pas trop. Non, le plus grave, c'est qu'elle donne des infos sur une affaire délicate. La police va sûrement l'interroger pour connaître le déroulement des faits.

— Tu crois qu'ils vont la mettre en garde à vue ?

— Oui, il me semble. Non pas parce qu'elle a chouré la tire, mais parce qu'elle est le pivot de l'affaire. Si ce qu'elle dit est reconnu, le père de la Motte, il a du souci à se faire. Mais ce mec, c'est pas rien, vous comprenez. Il doit avoir le bras long. On a beaucoup réfléchi à tout ça, avec Valé. On s'est dit que les peccadilles qu'elle a commises, c'était peanuts. Elle savait parfaitement qu'elle passerait à la casserole des poulets pour le reste. Ils vont faire une enquête, vérifier ses faits et gestes, prendre ses empreintes sur la carte ou dans le jardin des *Lavandes*. Ils vont étudier de près tous les témoignages, vérifier la véracité des différentes infos. L'enquête peut durer des mois. J'en sais rien, moi, ce qu'ils vont faire, les flics ! Tout ce que je sais, c'est que Valé est prête à tout affronter. Parce que l'autre enflure, faut pas croire qu'il va se laisser marcher sur les pieds. Il va se défendre comme un beau diable et…

— Chut ! Chut ! C'est à elle, monte un peu le son de la télé, Tino.

— On n'entend pas, au fond… Plus fort !

Chapitre 46

L'article de Paris Presse a fait l'effet d'une bombe. Tous les commentateurs s'accordent à dire que si la version révélée par la fausse Marie Dubois est vraie, le marquis de la Motte, conseiller du Président, aura du mal à se sortir du formidable guêpier dans lequel il est englué.

Encore faut-il que cette femme soit crédible. Étant donné la loufoquerie de son récit qui prête parfois à sourire, les experts restent perplexes et n'osent trop s'avancer. Surtout que l'ombre menaçante du puissant marquis continue de peser de tout son poids sur les consciences. Une seule chose fait l'unanimité. C'est aux enquêteurs de faire la lumière sur cette affaire. Il convient de vérifier pas à pas l'emploi du temps de Valérie Bontemps.

Comme l'article est sorti avec une photo de Valérie parfaitement reconnaissable et que les gens ont assisté à son interview télévisée au 20 heures le soir même, les informations affluent dans les rédactions et sur les réseaux sociaux de toutes parts. Entre Facebook, Twitter et les différents médias, l'affaire fait le buzz. Chose proprement incroyable, en moins de trois semaines, une foule de renseignements est visualisée et collectée.

Le premier à se manifester a été le directeur de la boîte de détergents et produits de droguerie, TRONET. Ce dernier, sachant que son ancienne employée avait été reconnue par son personnel, a donc autorisé que l'on interroge, au sein même de son entreprise, la chef de service, une certaine madame Capot, responsable à l'époque des commandes de produits. Celle-ci apporte un éclairage tout à fait intéressant sur la personnalité de cette ancienne secrétaire.

Consciencieuse, respectueuse de la hiérarchie et extrêmement compétente, voilà les trois qualificatifs utilisés par cette directrice pour dire ce qu'elle pense de mademoiselle Bontemps.

Quelques autres salariés, présents dans la salle de réunion dans laquelle se réalise l'interview, tiennent à apporter de l'eau au moulin de leur chef. Une certaine madame Durbech, assistante de madame Capot, ainsi qu'une secrétaire ayant côtoyé de près Valérie, mademoiselle Aimée Leguet, ont en effet affirmé que Valérie Bontemps était serviable, discrète, compétente et excellente camarade. Pour faire bonne mesure, madame Capot rajoute que, lors de son départ, mademoiselle Bontemps semblait très affectée, ce que confirme avec force conviction sa collègue de bureau, Aimée Leguet. Celle-ci affirme l'avoir vue pleurer quand elle a plié ses affaires. Jusqu'à ce jour, plus personne n'a eu de ses nouvelles dans la boîte.

Dix jours plus tard, un certain monsieur Dubost, voisin d'immeuble de mademoiselle Bontemps, s'est présenté de lui-même dans les studios de France Télévision. Il affirme avoir rencontré mademoiselle Bontemps, à une date postérieure à celle de son licenciement. Il s'en souvient parfaitement, car c'était le jour de l'anniversaire de sa belle-mère chez qui lui et sa femme devaient aller dîner le soir même. Eh bien, ce jour-là, en fin d'après-midi, il a croisé Valérie. Il ne saurait dire si elle avait l'air tracassée, car la nuit tombait – et il n'y voit pas très clair en raison d'une cataracte à l'origine de halos de lumière très gênants pour ses yeux. Toujours est-il que, ce jour-là, il l'a bel et bien rencontrée.

— Et vous savez quoi, dit-il au journaliste en guettant sur son visage l'effet qu'il va produire, elle m'a dit qu'elle allait acheter une petite voiture. Allez comprendre ! Je lui ai même rappelé le numéro du portail.

C'est ensuite au tour du jardinier de la maison de Provence des de la Motte d'apporter son témoignage dans un journal local. C'est bien lui qui a trouvé la fameuse carte Décathlon dans le jardin des *Lavandes*. Elle était située derrière un fourré où il avait bien remarqué que l'herbe et les branchages étaient aplatis et foulés comme si quelqu'un s'était couché là pendant des heures. Ne voulant en aucun cas s'approprier cette carte qui n'était pas à lui, il l'avait donc remise à la gouvernante, mademoiselle Marguerite Grommel, afin qu'elle la remette à sa patronne, madame de la Motte. Il ne sait pas ce qu'est devenue cette carte par la suite.

Sur France 3 Provence, le propriétaire d'un garage automobile des environs de Marseille signale qu'une Smart accidentée se trouve dans ses locaux. Un ticket de pressing au nom de Bérangère de la Motte a été retrouvé alors qu'il faisait l'inspection de cette voiture abandonnée. Frappé par la similitude du nom noté sur le carton jaune du pressing avec celui qu'il avait entendu la veille à la télévision, le garagiste tient cette pièce à conviction ainsi que le véhicule en l'état à la disposition de la justice, pour le cas où celle-ci ressentirait la nécessité d'en faire l'expertise.

Un certain Charlie, de retour d'un voyage dans les Antilles, a été stupéfait de voir à la une de tous les médias le portait de Valérie, qu'il a parfaitement reconnue. Il avait fait sa connaissance à Marseille lors d'un contrôle de routine de la police. Comme celle-ci cherchait du travail, il l'avait conduite chez son ami restaurateur Antonio Piccolini.

Ce dernier, qui depuis lors a embauché Valérie Bontemps, se déclare parfaitement satisfait des services de son employée. Il précise, en outre, que la version que cette dernière a donnée dans le journal correspond tout à fait à la version des faits qu'elle lui a relatée.

L'éminent neurochirurgien Hubert Deschamps et sa femme Charlotte se sont, eux aussi par la voie d'un journal télévisé, fait connaître du grand public. Madame Dechamps confirme avoir eu connaissance des faits par son amie Bérangère, ainsi que par leur modiste commune, madame Viviane Roussel.

Cette dernière fait savoir qu'effectivement une dame s'étant présentée sous le nom de Marie Dubois était venue lui remettre en main propre le sac de madame de la Motte. Elles avaient tenu à vérifier son contenu ensemble. Rien ne manquait dans ce sac, ni argent, ni carte de crédit, ni bijoux. Elle tient à la disposition de la justice les enregistrements des caméras de son magasin qu'elle a conservés depuis lors.

Les services de la Poste, enfin, ont gardé dans leurs archives la trace de la réservation d'une boîte de poste restante par Valérie Bontemps, ce qui corrobore sa version d'un séjour dans la région de Marseille.

Au vu de l'ensemble de ces éléments convergeant en sa faveur, un comité de soutien à Valérie Bontemps s'est constitué sur Facebook. Ce comité, intitulé *Halte aux pilleurs en col blanc*, a recueilli en quelques semaines plus de 300 000 signatures.

Chapitre 47

Bon. Maintenant, il faut que je vous parle un peu sérieusement. Parce que, l'air de rien, je suis à un tournant fantastique de mon destin. Qui l'eût cru ? Vous avez vu la vie merdique que j'avais quand j'ai commencé à vous écrire ! Vous étiez mes seuls confidents. Mon existence se résumait à une succession d'échecs, de ratages et de désillusions. Je crois bien ne vous en avoir épargné aucune, au point de vous avoir parfois gonflé.

Est-ce que vous avez vu le film *La chèvre*, avec Pierre Richard et Gérard Depardieu ? Ce film, bien qu'il soit sorti en 1981 – je venais à peine de naître –, je l'ai vu parce que je l'ai loué en DVD. En fait, le mot « chèvre », comme à Marseille, ça me parlait.

Donc, dans ce film, la fille d'un grand P.-D.G. a tellement de pot qu'elle se fait enlever pendant ses vacances au Mexique. Pour essayer de savoir où elle peut bien se trouver, son père a une idée de génie. Il envoie sur les traces de sa pauvre fille un comptable de sa boîte, incarné par Pierre Richard, qui est aussi naze qu'elle. Il se dit qu'avec le peu de baraka dont fait preuve ce minable comptable, il va buter sur les mêmes obstacles que sa fille et qu'il va pouvoir, par ce biais peu cartésien, la retrouver.

Dès le début du film, c'est la cata. D'abord, le comptable rate l'avion. Alors qu'il s'apprête à en prendre un autre, il se fracasse le nez contre la porte vitrée de l'aéroport. Il s'enfonce dans des sables mouvants, se fait voler son argent... piquer par une guêpe tellement allergisante qu'elle le conduit dans un dispensaire de cambrouse où se trouve justement hospitalisée la nana. En gros, leur scoumoune n'est que supposée, car les innombrables bourdes du comptable l'amènent, *in fine*, au résultat espéré. Vous voyez la leçon de l'histoire. Eh bien, c'est un peu la mienne.

Car pour moi, c'est pareil. Après avoir pédalé dans la choucroute et accumulé les bévues, je vois mon ciel s'éclaircir. Ma route se dégage. Bref, mes conneries passées s'avèrent bénéfiques ! À ce sujet, je vais vous dire un autre truc. Quand j'étais au catéch – où ma pauvre mère m'avait collée sans grande conviction – un jour, je vais me confesser. J'avais dû faire quelques âneries dont je me repentais, comme il se devait à l'époque.

Eh bien, le curé, il me dit :

— Je ne te juge pas. Même si je le voulais, ce n'est pas en mon pouvoir.

— Et pourquoi ? Puisque c'est pas bien ce que j'ai fait.

— Parce que les conséquences de tes actes, tu ne les vois pas tout de suite.

— Ah bon ? Je vois bien les ennuis que ça me procure, pourtant !

Vous savez ce qu'il me sort ?

— On ne pourra le voir qu'à la fin des temps.

— Ah bon ?

— Oui, à la fin des temps, la somme de toutes tes actions sera peut-être positive, malgré tes fausses routes.

Alors là, il m'en a bouché un coin, le prêtre.

— Et qu'est-ce qui se passe à la fin des temps ?

— Eh bien, il y a le jugement dernier. Si jugement il y a, il ne peut avoir lieu qu'au bout du bout, tu comprends ? On ne peut pas juger quelqu'un sur un seul acte.

Sur le moment, je me suis dit *il dit n'importe quoi, le vieux*. Maintenant, c'est pas que j'y réfléchisse tous les matins, à la fin des temps, j'ai même toujours pensé que c'était très limite, ce truc. Et voilà maintenant que je me demande s'il y aurait pas, par là-dessous, quelque pensée profonde. C'est drôle, non ? Comme quoi, on sait jamais où ça mène, les faux pas et les errements.

Tout ce préambule hors sujet pour vous dire qu'aujourd'hui, j'ai une vie fantastique. Enfin, aux deux tiers fantastique. Pourquoi aux deux tiers ?

Je vous l'explique.

L'évolution des choses fait que j'ai, actuellement, trois volets dans ma vie :

– Un volet juridique très désagréable.

– Un volet amoureux formidable.

– Un volet show-biz complètement imprévu.

Je vais rapidement me débarrasser du volet juridique, car j'y comprends pas grand-chose, à la magistrature, et je pense en plus que ça va vous barber. Pour résumer, au bout de plus d'un an de dépositions, comparutions, gardes à vue, vérifications, reconstitutions, empreintes, prises d'ADN et témoignages des uns et des autres, le père de la Motte, il a pris plein pot : cinq ans de prison dont deux fermes. Les autres, ils ont rien pris. Moi, j'ai écopé de rien, malgré mes délits. Je pense que les juges, sous la pression des médias, des réseaux sociaux, des pétitions et du comité de soutien anti cols blancs, ils ont préféré la jouer profil bas avec moi. Enfin, c'est comme ça que je l'interprète.

Quant aux volets amoureux et show-biz, ils sont fortement imbriqués et vous allez voir pourquoi.

À la suite de mon interview télévisée, toutes les radios et télévisions ont voulu que je leur donne ma version. J'ai été assaillie de coups de fil, de mails, de demandes de rendez-vous et d'interviews, jusque dans le hall de mon hôtel de quartier.

Naturellement, c'est toujours agréable d'être demandée et, vous me le concéderez, c'était pas dans mes habitudes. Jusque-là, je me sentais exclue, malchanceuse, rancunière et j'en voulais à la terre entière. Là. Miracle. Tout le monde me réclame. Je fais tous les plateaux télés, on me maquille, on me briefe avant les tournages, tout le monde me veut. Bref, vous l'aurez compris, j'étais personne et je deviens quelqu'un. Ça vous est déjà arrivé, à vous, de passer à la télé ? Oui ? Je vous crois pas. Moi, oui.

Du coup, mon Tino, par ricochet, il profite de ma renommée. Sa pizzeria fait un tabac, il paraît dans les journaux, il augmente son personnel, on s'arrache ses recettes et *tutti quanti*. Le soir, tous les deux, on s'appelle. Car, vous le comprenez, avec toutes mes activités nouvelles, y compris les juridiques, j'ai pas le temps de descendre à Marseille. Et lui, avec les siennes, il a pas le temps non plus de monter à Paris. Alors, au téléphone, on se raconte. *« Et j'ai fait ci et j'ai fait là. Et j'ai vu un tel et j'ai vu une telle. »* Bref, on se met au parfum l'un de l'autre. Le seul truc, c'est qu'on peut pas s'aimer. Ça, c'est dur. Très dur. Mais on tient le coup. C'est tellement inattendu, tout ce qui nous arrive !

Chapitre 48

Trois mois plus tard, alors que je suis redescendue tranquillou à la pizzeria où on m'a fait un accueil digne d'une reine pour fêter les retrouvailles, le téléphone sonne. C'est pour moi. Je suis, à nouveau, conviée à une émission qui se déroule en direct. Naturellement, j'accepte et, rebelote, je laisse Tino en plan et je remonte à Paris.

Vous la connaissez sans doute, cette émission, elle est super popu. Ça s'appelle : *« C pas grave »*. Vous allez dire que je me la joue encore Lagarde et Michard — ce qui n'est pas franchement mon style —, mais je trouve bizarre cette façon d'intituler les émissions. *« C dans l'air »*, *« C à vous »*, *« C à dire »*...

Je trouve que pour les gosses qui déjà, comme moi, ne manient pas super la langue française, c'est pas trop top. Je veux dire, c'est pas un bon exemple. Après, tout le monde fait semblant de pousser les hauts cris quand ils écrivent *bjr* pour « bonjour », *bsr* pour « bonsoir », *entouka* pour « en tout cas » et même *A12C4* pour « à un de ces quatre », qui est lui-même l'ellipse de « à un de ces quatre matins ». J'ai trouvé le coup de l'ellipse sur un Wiki dont je ne me souviens plus du nom.

Tant que j'y suis, je me permets encore de vous rancarder. Vous savez ce que c'est, un Wiki ? Je l'ai appris à cette occasion sur Wikipédia, précisément. *« Le mot Wiki vient de l'hawaïen "wikiwiki" qui veut dire "rapide". C'est un Site Web dynamique dont les pages peuvent être modifiées par tout visiteur... L'encyclopédie Wikipédia est l'exemple le plus célèbre d'un Wiki, mais il y en a d'autres : Wikidémie, Wiktionnaire, Wikisource, Wikiquote... »*

Mais que font donc les ministres de l'Éducation nationale et de la Francophonie et le CSA ? Je vous le demande. Personnellement, moi ça me plaît, quand même, cette évolution un peu barge de la langue française. Ça prouve qu'elle est vivante. En plus, comme je suis de plus en plus interviewée, il faut bien que je m'instruise sur le vocabulaire de la modernité. C'est sûr que je vais pas lire le bouquin de Thomas Hobbes écrit en 1640, intitulé *Exposition des facultés, des actions et des passions de l'âme et de leurs causes déduites d'après des principes qui ne sont communément ni reçus ni connus.* C'est le titre d'un livre trouvé en surfant, par hasard sur le net, qui m'a fait marrer et que l'on peut télécharger gratos. Même gratos, je pense que personne ne songe à le mettre sur son disque dur. Tout le monde s'en fout de ce machin, aujourd'hui.

Pour en revenir à mon émission, « C pas grave », le principe est simple : vous avez commis une erreur qui vous a porté préjudice ou a causé des dommages à autrui. Vous vous pointez. En général, cinq personnes sont sélectionnées. Ce jour-là, je faisais partie du lot. Les cinq élus sont au centre d'un genre d'amphithéâtre avec des gradins sur lequel est assis le public. Chaque fois que vous faites un aveu, genre : « *Je m'en veux profondément d'avoir fait ça, j'implore le pardon des gens à qui j'ai fait du mal* », le public, qui a écouté religieusement, applaudit avec beaucoup de sincérité. C'est pas mal, cette émission. J'ai bien aimé. Ça permet aux gens de pas garder leur souffrance enfouie en eux.

Après cette prestation finalement assez réussie, je retourne voir Tino à Marseille. On n'est jamais trop de bras, vu la tournure que prend sa pizzeria. J'y travaille à nouveau depuis environ six mois quand la télé veut jouer rebelote avec moi. Cette fois, l'émission s'intitule : « *On est tous là pour rigoler* ». Évidemment, comme les producteurs se sont aperçus que, par certains côtés, mon histoire pouvait être amusante, voire ridicule, et qu'ils ont remarqué que j'ai une certaine faconde pour raconter, ils m'ont invitée. Même genre de décor et de gradins. Là, l'animateur me demande de commenter les épisodes qui peuvent faire marrer tout l'amphi. Eh bien, tenez-vous bien, même quand ce que je dis n'est pas du tout drôle, figurez-vous qu'ils applaudissent et qu'ils rigolent. C'est drôle, non ?

Tous les soirs, j'appelle Tino pour lui raconter mes journées. En fait, ça sert pas à grand-chose, parce qu'il est au courant de tout par la télé. À chaque émission, dans la pizzeria, il paraît que je mets le feu. Et lui, il se frotte les mains, car le vin coule à flots et le pognon aussi. Tout à coup, le Tino, il me dit :

— Et ils te paient pas, pour tout cet audimat que tu génères ?

— Ben, non, ce ne sont que des témoignages !

— Mon œil, tu vois pas qu'ils s'en foutent plein les fouilles sur ton dos ?

— Tu crois, Tino ?

— Si je le crois ? Bien sûr, ça fait pas un pli. Tu te rappelles pas les mecs de la télé-réalité ? On leur donnait que dalle. Eh bien, ils ont eu gain de cause et maintenant, ils touchent du blé.

Imaginez-vous qu'après cette réflexion pleine de bon sens méditerranéen, je gamberge sec. Je me dis : c'*est vrai ça. La prochaine fois, je réclame mon dû.*

La fois d'après, une nouvelle prestation télévisée m'étant demandée, au moment où l'accord se fait, entre la chaîne et moi, sur le contenu de l'émission, je prends mon courage à deux mains et je dis :

— Et pour ma participation, ce sera combien ?

— Je ne comprends pas, dit le mec.

— C'est pourtant clair. Cette prestation me prend du temps, de l'énergie, des déplacements et des séjours onéreux. La chaîne profite de mon talent pour pas un rond. J'estime que c'est un travail qui mérite d'être rémunéré.

— Oui, effectivement, vu sous cet angle, ce n'est pas complètement faux.

Encouragée par son regard qui fuyait le mien, je dis :

— C'est même complètement vrai sous tous les angles.

— Vous estimez votre présence à combien ?

— Je n'en ai aucune idée, c'est à vous de me le dire.

— Attendez que je réfléchisse, cent euros par émission, ça vous va ?

— Vous voulez quoi, que je fasse les vitres ou que je vous cire les pompes pendant les six heures du tournage ? C'est deux milles euros ou je me casse.

— Bon, il faut que je voie avec...

— C'est tout vu, au revoir, Monsieur.

Je me lève.

— Mademoiselle Bontemps, vous croyez donc que nous avons des budgets extensibles à volonté ?

— Je n'en sais rien. Mais c'est à prendre ou à laisser. J'en ai marre de bosser pour des prunes.

— Vous me mettez le couteau sous la gorge, je n'ai donc guère de choix.

— Bon, je vois que je vous fous la trouille avec mon gros couteau. Tant que je l'ai en main, est-il possible de coucher tout ça sur papier ?

Le soir, naturellement, je le dis à Tino.

Il me répond :

— On fait un beau tandem tous les deux !

Chapitre 49

Après, comment vous dire ? Mois après mois, les succès s'enchaînent. Là où, les autres, il leur faut marner des années pour avoir une petite notoriété, moi, je franchis les étapes à la vitesse grand V. Tino, il dit : « *Je vais finir par être jaloux ! On te drague là-bas, non ? Y a que des beaux mecs, et puis, si tu m'oublies... Hein les copains ?* » Les copains applaudissent en rigolant.

Cette fois-là, le titre de l'émission, c'est − tenez-vous bien − « *Fauchés, mais pas foutus* ». Naturellement, j'ai juste le profil qui convient. Car, dans cette émission, il est de bon ton de n'avoir pas eu un rond et de s'en être sorti, de préférence par une révolte contre les riches. Là aussi, je fais un tabac. Applaudissements à tout rompre au point que l'animateur me dit tout à coup : « *Mais, Valérie, à ce que je vois et j'entends dire, vous êtes devenue une star dans le cœur des Français. Je propose au public − et ils sont venus nombreux vous écouter, regardez-les, Valérie, ils sont tous là, à vos côtés, ils vous soutiennent, ils vous aiment, le courant passe... Je propose, donc, qu'à l'avenir − je pense que tout le monde sera d'accord − on ne vous appelle plus Valérie Bontemps ni Marie Dubois, mais... Je ménage la surprise... »*

Là, il y a une musique − genre roulement de tambour un peu angoissant −, sans aucun autre bruit dans la salle : « *Je propose, je propose − je vois que vous attendez tous avec curiosité et peut-être, qui sait, un brin d'anxiété −, je propose au public ici présent, ainsi qu'à tous les téléspectateurs de France et de Navarre qui nous font l'amitié de rester fidèles devant leur poste depuis tant d'années, je propose, je vous suggère également, ma très chère Valérie, de vous appeler désormais, Miss SMART !* »

Alors, là, je vous dis pas. Le public se lève, applaudissant à tout rompre et scande : « *Miss SMART ! Miss SMART ! Miss SMART ! Miss SMART ! Miss SMART !...* ». Ça n'en finit plus.

C'est comme dans les meetings politiques. Vous savez, quand les mecs tapent des mains et des pieds en hurlant : « *PRÉSIDENT ! PRÉSIDENT ! PRÉSIDENT ! PRÉSIDENT ! PRÉSIDENT !...* ».

Bon, vous l'aurez compris, ensuite, il y a les embrassades avec le commentateur qui me serre affectueusement dans ses bras comme si j'étais sa sœur. Certains dans le public essuient même une petite larme.

Tout ça pour vous dire qu'à partir de ce jour, le nom m'est resté. Je suis conviée partout, l'argent afflue de tous côtés, des photos, des interviews… Un vrai miracle.

Le seul truc auquel j'ai échappé, mais là c'est moi qui ai refusé, c'est l'émission où on retrouve de vieilles connaissances. Je me souviens plus comment ça s'appelle. Rien qu'à l'idée de me retrouver dans les bras de la mère Capot, de mademoiselle Durbech et des copines de l'école dont j'ai perdu la trace, j'avais envie de gerber. Ils auraient été capables de faire venir ma pauvre mère dont je parle guère, car pendant toutes ces péripéties, elle a perdu la boule, et… Bon, j'arrête, c'est trop…

Écoutez, je veux pas vous ennuyer davantage avec mon extraordinaire réussite. Car, au fond de moi, je me demande quand même pourquoi les médias et la société portent tellement au pinacle une voleuse, une falsificatrice. Le sentiment de ne pas être tout à fait à ma place dans ce cirque médiatique me taraude. Vous savez, vous, que je me sens vite coupable.

Il se trouve que la chaîne en question, devant les résultats mirobolants de l'audience que je leur amène, a fini par me proposer – tenez-vous encore bien – de produire ma propre émission. J'ai donc carte blanche. J'ai le choix du sujet et j'ai également le choix du titre, à la seule condition que je garde le nouveau patronyme dont ils m'ont affublée. Imaginez-vous qu'à la clé, ça représentait pas mal de tunes en perspectives. Donc, sans même en parler à Tino, dont je savais qu'il m'aurait poussée à le faire, j'accepte. Je dis : « *Oui d'accord, pas de problème, c'est dans mes cordes.* ». Le problème, c'est que j'ai pas une seule corde à mon arc.

J'appelle alors Tino qui pousse des cris de joie. Lui, il pense toujours que je suis une fille formidable ! Il dit à qui veut l'entendre que, sans moi, il serait resté un pauvre pizzaïolo triste et que je lui ai embelli la vie à tous les points de vue. Moi je lui dis que j'ai pas fait exprès, que j'ai fait que des conneries, que je mérite pas mon salaire. Bref, je me minimise. Et quand je fais ça, il devient furax. « *Arrête de te déprécier, Miss Smart, regarde ta trajectoire ! Partout tu n'as que des fans et moi, j'engrange, que veux-tu de plus ? »*

Faut dire qu'il n'a pas tout à fait tort, le Tino. Sa pizzeria ne désemplit pas. Tellement qu'il a acheté le grand local de la librairie juste à côté qui, elle, justement faute de lecteurs, ferme ses portes. Le pauvre libraire, il a dit à Tino que, depuis l'avènement d'Internet, les gens ne lisent plus de livres papier et qu'ils zappent d'un sujet à l'autre sur leurs tablettes ou à la télé au lieu de s'instruire.

Bref, quand les travaux ont été finis, Tino a baptisé sa pizzeria, devinez comment ? « Pizzeria L'étoile Miss SMART » et il a commencé à initier des franchises. Il en a deux en train. Une à Nîmes et une à Nice. En deux ans, c'est bien, non ?

Pour en revenir au choix cornélien de l'émission que je dois produire et pour laquelle rien ne me vient à l'esprit, Tino, un soir me dit :

— Et pour ton émission, tu comptes faire quoi ?

— Ben justement, je n'en ai pas la moindre idée. Tu sais bien que j'ai zéro culture et que ma vie n'est qu'une succession de bourdes.

Alors là, un déclic se fait dans son crâne et il a l'idée du siècle.

— Eh bien, justement, tu pourrais faire une émission rigolote… Tu n'inviterais que des gens qui ont accumulé les bourdes…

— Et tu crois que ça n'existe pas ?

— Oui, peut-être bien, mais là, c'est avec Miss SMART.

L'animatrice, ça change tout. Avec ton franc-parler, tu vas faire un tabac !

— Et d'après toi, comment je l'appelle, mon émission ?

— C'est tout simple. Tu l'appelles : « *Avec Miss SMART, restez en pleine bourde.* » Tu vois le truc ? Tu joues sur la similitude des mots *bourde* et *bourre*. Un amalgame se fait dans la tête des gens… Ça leur laisse à penser que si on est en pleine bourde, on est aussi en pleine bourre. Qu'est-ce que tu en penses, Valé ?

— Formidable, Tino ! Tu pouvais pas trouver mieux ! En plus, c'est dans mon registre, dans mes cordes quoi ! Je l'ai bien vu sur les plateaux !

— Bon, je suis content que ça te plaise. Pour une fois que c'est moi qui te fais la courte échelle… Bon, il faut que je retourne au boulot, tiens-moi au courant.

Naturellement, la proposition de Tino a été acceptée cinq sur cinq.

Du coup, j'ai signé un contrat dont je vous dis pas le montant, sinon vous allez être verts de jalousie. Tous les samedis soir, l'émission fait un tabac. Alors, selon l'expression de Tino, je m'en mets plein les fouilles. J'ai quitté, vite fait, mon hôtel miteux et remercié chaleureusement la dame qui me voyait partir avec grand regret. Au bout de deux ans et après avoir cherché longtemps la perle rare, j'ai fini par acheter un grand appartement hyper confortable, hyper design, dans lequel j'ai une vue de folie sur Paris. Tout est climatisé et robotisé dans cet appart. Les volets s'ouvrent sur simple pression d'une télécommande située à la tête de mon lit et dans toutes les pièces. Donc, le soleil et la lune sont au rendez-vous dans ma maison, à volonté.

Figurez-vous qu'un jour – je ne sais pas comment elle a eu mon adresse – Viviane Roussel – vous savez, la modiste ? –, eh bien elle m'a contactée, soi-disant pour faire plus ample connaissance. Je la soupçonne d'avoir voulu profiter de l'occasion pour me fourguer sa camelote. Tant pis. Comme elle a vraiment des modèles superbes et que je me dois d'être hyper fringuée pour la télé, j'ai fait affaire avec elle. Depuis, elle vient directement à la maison, avec sa couturière, pour me proposer et me faire essayer les ensembles.

Voyez comme le titre de l'émission a été bien choisi par Tino ! Je suis en peine bourde. Je suis en pleine bourre.

Je suis tellement pas gênée aux entournures que je me suis acheté aussi une Audi. C'est Tino qui a voulu. Il m'a dit que cette bagnole était hyper secure et qu'on pourrait partir confortablement en balade, tous les deux. En fait, vous savez quoi ? Ma bagnole reste toujours dans mon garage. Dans Paris, j'ai essayé, c'est un enfer de circuler avec cette grosse tire. Et ça me gonfle de toujours faire appel à un taxi. Ils ont beau se mettre en quatre, il faut prévoir, appeler, attendre, payer... Je me sens pas libre de mes mouvements.

J'en parle à Tino. Il me dit : « *Et pourquoi, tu achètes pas une Smart ? C'est petit, maniable, ça correspond à ton nouveau nom. En plus, tu es quand même très Smart maintenant, sur le plan du look. Tu crois pas que, sur le plan marketing, acheter une Smart, ça serait pas un gros plus ?* ». Des fois, je me demande si Tino aurait pas mieux fait de se lancer dans une agence de com que dans la pizza. Je suis sûre qu'il aurait fait merveille.

Deux jours plus tard, me voilà propriétaire d'une Smart. Trop contente de l'essayer, je pars du garage avec. Un vrai bonheur, cette voiture. Commode à manier, commode à garer. On peut même doubler tout le monde quand on est pressé. Sur le boulevard, ça roule impeccable. Je suis vraiment ravie, je vais vite le dire à Tino.

Ah, zut, il y a une putain de bonne femme, l'air perdu, qui erre sur la chaussée. Elle est folle ou quoi ? Au beau milieu de la route, avec des gens en pleine vitesse, elle va se faire tuer ! Je la dépasse en klaxonnant pour lui dire de se pousser.

J'ouvre la fenêtre passager.

Je me penche.

Je regarde.

Je la vois.

Merde alors, c'est Pippa !

À propos de l'auteur

Née d'un père béarnais et d'une mère bretonne, Manou Fuentes a passé son enfance dans l'immobilité et la paix de la France profonde. Issue d'une famille médicale, ses pas l'ont conduite, sans réflexion approfondie, à devenir docteur en médecine, spécialisée en anesthésie-réanimation.

Le spectacle des Urgences, de la souffrance, de la solitude et de l'angoisse de ses patients, l'ont amenée à être à l'écoute des autres et à approfondir tout ce qui touche à l'humain. Les patients savent des choses que le commun des mortels en bonne santé ignore. Ils sont donc, en quelque sorte, des maîtres de vie.

Passionnée par les auteurs classiques et contemporains, Manou Fuentes est tentée à son tour par l'aventure de l'écriture pour exprimer la fragilité et la force de l'être devant la beauté, les rebondissements et le mystère de la vie.

Son travail d'écriture a été facilité par un goût prononcé pour les technologies numériques, capables d'entrebâiller pour celui qui les utilise, des portes vers des mondes insoupçonnés.

Après le succès de *L'homme qui voulait rester dans son coin* (qui s'est maintenu plus de trois mois dans le Top 100 des ventes d'Amazon) et *Habemus Praesidem* (satire loufoque du monde politico-médiatique), Manou Fuentes se livre, avec *Miss Smart*, à une nouvelle forme d'écriture « parlée » moderne et inattendue sous sa plume.

Du même auteur

Célibataire et volontiers solitaire, Édouard Pojulebe est un homme prudent, qui depuis l'enfance a appris à se tenir à distance des autres pour éviter les conflits. Édouard s'est construit, au fil des ans, une vie tranquille, faite des gestes du quotidien, de façon à ne jamais risquer de mettre en péril sa quiétude.

Un grain de sable vient perturber cette vie si bien huilée. Édouard se trouve alors entraîné dans des aventures dont il ne saisit pas le sens. Décontenancé par la tournure que prennent les événements, il s'angoisse de ne plus savoir quoi faire et quoi être, erre sur des chemins méconnus tout en essayant, malgré tout, de ne pas perdre pied.

N'arrivant à rien dénouer, Édouard se trouve, in fine, contraint à la fuite. Exposé alors à une menace permanente, ce personnage peu enclin à la réflexion voit son instinct de survie s'aiguiser et son discernement s'approfondir, pour tenter de s'adapter aux réalités nouvelles auxquelles il est confronté. Sa personnalité en vient à se métamorphoser de telle manière qu'il se découvre, finalement, autre qu'il était.

HABEMUS PRAESIDEM

MANOU FUENTES

Anastase Martin est un illustre inconnu, qui, par une suite de hasards dont le monde politique a parfois le secret, se retrouve candidat à la présidence de la République française.

L'histoire débute avec le plus grand sérieux et des mots choisis, pour virer ensuite au loufoque avant de tomber, à la fin, dans le puits sans fond de l'absurde.

Il semble que l'auteur, malgré la gravité du sujet, s'amuse de l'intrigue qui se noue entre ses doigts.

Bien que le récit en soit situé dans un avenir assez lointain, cette fable parvient, grâce à une caricature lucide et drôle des personnages et des situations, à nous donner l'impression que nous sommes dans la réalité du monde actuel.

Retrouvez tous les titres et l'actualité des Éditions HJ :

Sur notre site Internet :
http://www.editionshelenejacob.com

Sur Facebook :
https://www.facebook.com/EditionsHJ

Sur Twitter :
https://twitter.com/EditionsHJ

www.ingramcontent.com/pod-product-compliance
Lightning Source LLC
Chambersburg PA
CBHW071151260626
47162CB00003B/995